Ein junger Mann, Erbe einer traditionsreichen Textilfabrik, wird durch den plötzlichen Tod seines Großvaters in eine Rolle gezwungen, die er nie wollte. Mit außergewöhnlichem Ehrgeiz und klugen Entscheidungen formt er die Avinger Werke zu einem innovativen Marktführer um. Doch während die Firma auf Erfolgskurs geht, beginnt er, sich selbst zu verlieren. Zwischen äußerem Triumph und innerer Leere treiben ihn persönliche Konflikte und die gesellschaftlichen Spannungen der politischen Zeitenwende an den Rand der Selbstzerstörung.

Thomas C. Evagrius studierte Humanmedizin an einer renommierten deutschen Universität. Seine Tätigkeit konzentriert sich auf innovative Ansätze zur Gestaltung eines zukunftsfähigen Gesundheitssystems, mit besonderem Fokus auf den Schnittstellen zwischen Mensch, Technologie und Wissenschaft. Ursprünglich von einem Studium der Philosophie fasziniert, verbindet er in seinem literarischen Schaffen wissenschaftliche Präzision mit einem tiefen Interesse an den großen Fragen des Lebens. Inspiriert von Denkern wie Augustinus, Kant, Morus und Ratzinger, widmet er sich Themen, die den Konflikt zwischen Tradition und Wandel, Pflicht und persönlicher Freiheit ausloten. *Bruchlinien* ist sein literarisches Debüt.

Thomas C. Evagrius

Bruchlinien

Novelle

Bibliografische Information der Deutschen Nationalbibliothek: Die Deutsche Nationalbibliothek verzeichnet diese Publikation in der Deutschen Nationalbibliografie; detaillierte bibliografische Daten sind im Internet über http://dnb.dnb.de abrufbar.

Verlag: BoD · Books on Demand GmbH, In de Tarpen 42, 22848 Norderstedt, bod@bod.de

Druck: Libri Plureos GmbH, Friedensallee 273, 22763 Hamburg

ISBN: 978-3-7693-3956-7

Bruchlinien

Die Dinge sind nie so, wie sie sind. Sie sind immer das, was man aus ihnen macht.

Jean Anouilh

Im Schatten des Erfolges

PROLOG

Es roch nach Erfolg.

Nach poliertem Holz, nach Leder, nach der sterilen Kühle eines Raumes, der mehr Symbol war als Ort. Ein Ort, der Geschichte atmete, dessen glatte Oberflächen stumm triumphierten – über Jahre, über Menschen, über Zweifel.

Und doch, in dieser Stille, spüre ich etwas anderes. Etwas, das sich hinter dem Glanz verbirgt. Einen Schatten, den ich nicht benennen kann, der sich jedoch mit jedem Atemzug in meinen Gedanken ausbreitet.

Vor mir, auf dem makellos geordneten Schreibtisch, liegt ein Vertrag. Ein Meisterwerk der Absicherung, der Zahlen und Formulierungen, die so präzise sind, dass sie unzerstörbar wirken. Er sichert alles: die Firma, die Mitarbeiter, die Zukunft. Mein Triumph, könnte man sagen.

Aber ich kann den Triumph nicht fühlen.

Meine Hand ruht auf dem Schreibtisch. Sie ist ruhig, zumindest äußerlich. Doch tief in mir vibriert eine Unruhe, ein Dröhnen, das nicht verstummen will. Es ist keine Angst – nicht direkt. Es ist die Erkenntnis, dass etwas begonnen hat, das nicht mehr aufzuhalten ist.

Ich gehe zum Fenster. Die Stadt liegt vor mir, friedlich, wie ein Bild, das keiner Erklärung bedarf. Straßenlichter glitzern, und von hier oben wirkt alles so geordnet, so unantastbar. Aber ich weiß es besser.

Denn ich kenne die Bruchlinien.

Ich schaue hinaus, aber mein Blick bleibt an der Spiegelung im Glas hängen. An meinem eigenen Gesicht, das ich kaum wiedererkenne. Bin ich das? Der Mann, der immer alles richtig gemacht hat? Oder derjenige, der den Anfang vom Ende unterschrieben hat?

Mein Blick wandert zurück zu den Papieren auf dem Tisch. Ich sollte erleichtert sein. Ich sollte stolz sein. Stattdessen liegt etwas in der Luft – ein Gefühl, das ich nicht greifen kann, das jedoch unmissverständlich da ist.

Der Vertrag ist unterschrieben. Es gibt kein Zurück.

EINS

Es ist seltsam, wie schnell ein Moment, der einst bedeutungslos schien, alles verändern kann.

Jetzt, wo ich auf den Anfang zurückblicke, frage ich mich, ob ich damals nicht schon hätte ahnen müssen, wie schwer dieser Weg werden würde. Aber damals, an jenem Tag, war ich ein anderer Mensch. Jemand, der glaubte, dass alles, was kaputt ist, repariert werden kann. Dass jeder Scherbenhaufen, der einem vor die Füße fällt, nur darauf wartet, in etwas Größeres verwandelt zu werden.

An jenem Tag roch es nach Öl und altem Papier.

Dieser Geruch – scharf, staubig, irgendwie bitter – empfing mich schon unten an der Treppe, und mit jedem Schritt nach oben wurde er intensiver. Die Avinger Werke, unser Familienerbe, fühlten sich nicht wie ein Ort des Fortschritts an. Sie waren ein Museum. Und ich? Der unfreiwillige Kurator, der einen Weg finden sollte, all das wieder mit Leben zu füllen.

Zumindest hatte man das von mir erwartet.

Die Treppe knarrte unter meinen Schritten, als wollte sie mich warnen, nicht weiterzugehen. Zwei Teppichläufer – einer in einem verblichenen Rot, der andere in einem seltsamen Grün – trafen sich in der Mitte der Stufen wie zwei Fremde, die zu einem Kompromiss gezwungen worden waren. Ihre Ränder waren ausgefranst, die Farben längst von zahllosen Füßen verschluckt.

Ich blieb stehen, legte eine Hand auf das Geländer. Der Lack war stumpf und blätterte an den Stellen ab, die zu oft berührt worden waren. Mein Blick wanderte nach oben, zur Tür am Ende der Treppe. Dahinter lag das Büro meines Großvaters. Oder das, was davon übrig war.

Warum war ich hier?

Weil du keine Wahl hattest.

Ich hasste diese Antwort. Aber sie war die einzige, die sich nicht wegschieben ließ. Mein Großvater war tot. Mein Onkel zog sich zurück. Meine Mutter versuchte, gleichzeitig Anwältin, Geschäftsführerin und Mutter zu sein – ein Kampf, den sie nicht gewinnen konnte. Und dann war da meine Schwester.

„Wenn du es nicht machst, wer dann?" Ihre Stimme war sanft gewesen, voller Sorge, aber mit einer Entschlossenheit, die keinen Raum für Widerstand ließ.

Also war ich hier.

Ich ging weiter. Jeder Schritt auf der Treppe fühlte sich an wie ein Urteil. Oben angekommen, hielt ich kurz inne, legte die Hand auf die Tür, die schwerer wirkte, als sie sein sollte. Als ich sie öffnete, wehte mir eine neue Wolke von Staub und Stagnation entgegen.

Das Büro meines Großvaters war eine Rumpelkammer. Kartons stapelten sich bis zur Decke, die Ecken waren mit vergilbten Akten und undefinierbarem Krempel zugestellt. Ein Bronze-Kronleuchter lag halb verborgen unter einer zerfetzten Plane, als hätte er sich resigniert hingelegt, um für immer zu schlafen. Auf einem der Kartons stand mit verblasster Schrift: **„Rechnungen 1972–1985"**. Chaos.

Das war mein Startpunkt. Nicht ein glänzender Neubeginn, nicht ein sauberer Schnitt. Nur Staub, Papier und die leeren Spuren der Vergangenheit.

Es gab keinen Schreibtischstuhl, keinen funktionierenden Computer, keine Spur von einem Arbeitsplatz, der eine Zukunft versprach. Nur einen alten Glasschreibtisch, der in einer Ecke stand, als hätte er sich selbst aufgegeben. Ich trat näher, wischte mit der Hand über die Oberfläche, und eine Wolke aus Staub stieg auf, als wolle sie mich daran erinnern, wie lange niemand hier gewesen war.

Meine tränenden Augen wanderten zu einem Karton, dessen Deckel schief auflag. Die verblassten Buchstaben darauf formten ein Wort, das sich mir ins Gedächtnis brannte: **„Verträge"**. Ich griff danach, hob den Deckel an und sah die Papiere – eng beschrieben, mit akribischen Zahlen, die sich über die Seiten zogen wie Flüsse, die längst versiegt waren. Es war ein Flüstern der Vergangenheit, und doch spürte ich, wie es meine Gegenwart mit einem unsichtbaren Band umschlang.

Ich hörte Schritte hinter mir. Sanft, aber bestimmt. Als ich mich umdrehte, sah ich meine Mutter in der Tür stehen. Die Arme vor der Brust verschränkt, ihre Tasche locker über der Schulter. Sie war eine schöne Frau, eine elegante Frau. Ihr Blick wanderte durch den Raum, und für einen Moment – nur einen flüchtigen Moment – glaubte ich, Stolz in ihren Augen zu erkennen. Vielleicht auch nur Zufriedenheit.

„Ich kann hier nicht arbeiten, solange es so aussieht," sagte ich schließlich, die Worte leiser als beabsichtigt.

„Das sieht man," erwiderte sie trocken und trat einen Schritt näher. Sie blieb stehen, ihr Blick schweifte weiter durch das Chaos, als suche sie etwas, das sie wiedererkennen konnte.

„Das war..." Sie zögerte, bevor sie weitersprach. „Das war mal das Büro deines Großvaters."

„Ja, das habe ich gehört," sagte ich, während ich erneut über den staubbedeckten Schreibtisch wischte. Ein dummer Reflex, als könnte ich den Staub einfach wegrubbeln.

„Dein Großvater hat alles aus dem Bauch heraus gemacht," sagte sie schließlich, ihre Stimme merkwürdig weich. „Keine

Zahlenkolonnen, keine langen Planungen. Nur Instinkt. Und es hat funktioniert." Sie lehnte sich gegen den Türrahmen, ihre Finger strichen fast zärtlich über die Holzverkleidung. „Aber das waren andere Zeiten."

Ich nickte, ohne sie anzusehen. „Ich respektiere die Vergangenheit," sagte ich langsam. „Aber ich werde nicht darin leben."

Sie schwieg einen Moment, dann nickte sie. Es war ein langsames, fast vorsichtiges Nicken. „Das hoffe ich auch nicht."

Ihre Stimme war ruhig, aber ich hörte den Zweifel darin. Kein Misstrauen in meine Fähigkeiten – oder vielleicht doch ein wenig. Sie glaubte an mich, soweit sie es konnte. Aber ich wusste, dass sie nicht sicher war, ob ich das schaffen würde. Ob überhaupt jemand das schaffen konnte.

Die nächsten Tage verbrachte ich damit, das Büro zu entleeren. Es war ein Knochenjob, nicht weil es körperlich anstrengend war, sondern weil ich nicht wusste, wo ich anfangen sollte. Jeder Karton, jede Akte, jedes vergilbte Stück Papier schien mir Fragen zu stellen: Warum bist du hier? Was willst du retten?

Ich richtete mir unten im Erdgeschoss einen Raum ein – ein Archiv, das keines war. Es wurde ein Ort, an dem ich die Überreste einer Firma sortierte, die besser hätte sein sollen.

Ich stapelte Kartons, beschriftete sie, wischte Staub von alten Ordnern. Rechnungen von vor vierzig Jahren, Briefe von Kunden, deren Namen längst keine Bedeutung mehr hatten.

Es fühlte sich an wie ein Ritual. Ein seltsames Begräbnis, bei dem ich die Vergangenheit nicht loslassen konnte.

Aber es war ein Anfang. Kein guter. Aber ein Anfang.

Die Avinger Werke waren in einer Zeit gegründet worden, in der Deutschland aus Ruinen auferstand. Mein Urgroßvater und sein Cousin hatten nach dem Krieg in einer kleinen

Werkstatt begonnen, Stoffe für Arbeitskleidung herzustellen. Es war nichts Glamouröses – einfache, funktionale Textilien für eine Nation, die wiederaufgebaut werden wollte.

Die Werkstatt wuchs, genau wie das Land. In den 1960er-Jahren entstand das große Werk am Stadtrand: ein grauer Betonkoloss, der eher wie eine Festung wirkte als wie ein Ort des Fortschritts. Mein Großvater liebte dieses Gebäude. Er nannte es seinen „Turm der Stärke". Für mich war es immer ein Symbol dafür gewesen, wie leicht Stärke bröckeln konnte.

In den besten Jahren exportierten die Avinger Werke nach ganz Europa. Die Stadt, in der wir lebten, wurde zu einem Knotenpunkt der Textilproduktion. Doch wie so viele Mittelständler überstanden wir die Globalisierung nicht unbeschadet. Billigere Produktionsstätten in Asien, steigende Rohstoffpreise, der Druck auf nachhaltige Produktion – all das brachte die Firma an den Rand des Zusammenbruchs.

Als mein Onkel mir vor einigen Monaten die Zahlen auf den Tisch legte, sah ich das Ende einer Ära vor mir. Umsätze, die über Jahre hinweg eingebrochen waren. Maschinen, die älter waren als ich. Von den einst 200 Mitarbeitern waren nur noch 50 übrig, und selbst diese arbeiteten ohne jede Perspektive.

„Es ist ein Drahtseilakt," hatte mein Onkel gesagt, während er auf die Tabellen starrte. „Wir können so noch ein paar Jahre weitermachen. Vielleicht. Aber wir brauchen eine Strategie."

„Und jemanden, der sich darum kümmert," fügte meine Mutter hinzu. Ihr Blick war direkt auf mich gerichtet.

Die Worte meiner Mutter hallten in meinem Kopf nach. "Und jemanden, der sich darum kümmert." Wer, wenn nicht ich? Widerwillig erhob ich mich. Wenn ich diese Herausforderung annehmen wollte, dann musste ich die Wurzeln des Problems verstehen. Und das begann hier – in der Halle, in der alles auseinanderzufallen schien.

Die Halle war kalt, als ich sie zum ersten Mal betrat. Die Maschinen wirkten wie stumme Zeugen einer anderen Zeit – laut, alt, und mit einer Aura von müder Pflicht. Die Luft roch nach Metall und Öl, der Boden war übersät mit Spuren von Schuhen, die immer denselben Weg gegangen waren.

Ein Mann, dessen Haare grauer waren als sein Overall, trat aus dem Schatten einer der Webmaschinen. „Sie sind also der neue Chef?" Seine Stimme klang nicht unhöflich, aber auch nicht warm.

„Ich bin hier, um zu helfen," sagte ich und hörte, wie meine Worte im Raum widerhallten.

Er musterte mich einen Moment, bevor er nickte. „Helfen." Das Wort schien ihm schwer über die Lippen zu gehen. „Ich bin Leo Gärtner. Lagerleiter. Seit dreißig Jahren hier."

Dreißig Jahre. Länger, als ich bisher gelebt hatte.

„Dann wissen Sie mehr über diesen Ort als jeder andere," sagte ich.

„Das kann sein." Sein Gesicht blieb ausdruckslos, doch ich sah etwas in seinen Augen. Skepsis vielleicht. Oder Resignation.

Im Büro traf ich später auf Frau Riedel, die Sekretärin. Sie war in ihren Fünfzigern, resolut, mit einem Blick, der mich auf Anhieb durchbohrte. „Ihr Großvater war ein guter Mann," sagte sie, als sie mir eine Liste der verbliebenen Kunden überreichte.

„Das habe ich gehört," sagte ich.

„Er hat die Dinge anders gemacht. Kein Computer, keine Excel-Tabellen. Alles aus dem Kopf."

„Und was ist mit meinem Onkel?" fragte ich.

„Ihr Onkel hat versucht, die Firma am Leben zu halten. Aber er war kein Führer. Nicht wie Ihr Großvater."

Ich wusste nicht, ob das als Kompliment gedacht war.

Später an diesem Tag saß ich wieder in dem nun nicht mehr ganz so chaotischen Büro meines Großvaters. Der Staub war immer noch da, auch einige Kartons stapelten sich unverändert, und die Uhr an der Wand tickte so stetig, dass sie mir lauter vorkam als die Maschinen in der Halle.

Ich griff nach einem weiteren Karton. „Alte Korrespondenz – 1982 bis 1990" stand darauf. Ich öffnete ihn, zog einen Brief heraus, der mit der Schreibmaschine getippt worden war. „Sehr geehrter Herr Avinger", begann er, „wir danken Ihnen für Ihre hervorragende Lieferung."

Ich hielt inne. Die Worte fühlten sich an wie ein Geist aus einer anderen Welt. Eine Welt, die sicher, stabil und erfolgreich gewesen war.

Das war es, was die Avinger Werke einmal gewesen waren. Und jetzt? Jetzt nach der Pandemie, nach den ganzen Einschränkungen, den neuen Lieferkettengesetzen und den ganzen anderen Bestimmungen war alles verändert. Brüchig konnte man sagen, und ich war derjenige, der die Scherben wieder zusammensetzen sollte.

Aber wie setzt man etwas zusammen, das von Anfang an Risse hatte?

Die nächsten Tage flossen ineinander, so wie die Zahlen auf den Berichten, die ich nachts durchging. Jedes Dokument war ein weiteres Zeugnis des Verfalls, jedes Gespräch mit einem der Mitarbeiter eine Erinnerung daran, wie tief die Risse in der Firma reichten.

Eines Abends, als ich über einer Excel-Tabelle brütete, die mir wie ein schlecht konstruiertes Labyrinth erschien, öffnete sich die Tür zu meinem Büro ohne Vorwarnung. Mein Onkel trat ein. Er trug kein Jackett, nur ein zerknittertes Hemd und eine Miene, die irgendwo zwischen Müdigkeit und Zynismus verharrte.

„Na? Wie läuft's?" Seine Stimme klang wie immer, ein Hauch von Spott, ein Hauch von Resignation.

„Wie es eben läuft," erwiderte ich, ohne von meinem Bildschirm aufzublicken.

„Wie es eben läuft." Er ließ sich in den Stuhl mir gegenüber fallen, das Holz knarzte unter seinem Gewicht. „Das ist ein Satz, den ich seit zwanzig Jahren von jedem hier höre, lange vor dir."

„Und trotzdem bist du immer noch hier."

„Tja," sagte er, ein gequältes Lächeln auf den Lippen. „Vielleicht bin ich masochistisch. Oder vielleicht will ich sehen, wie du dir die Zähne ausbeißt."

Ich schloss die Datei, lehnte mich zurück und verschränkte die Arme. „Hast du dir eigentlich überlegt, warum du das damals übernommen hast?"

Er schnaubte leise, sein Blick glitt zu der verstaubten Wanduhr. „Weil ich geglaubt habe, dass es das Richtige ist. So wie du jetzt."

„Und? War es das?"

„Frag mich das in zehn Jahren, wenn du an genau diesem Punkt sitzt und dir denselben Mist anhörst."

Ich schwieg. Es war kein Gespräch, das eine Antwort verlangte. Er stand auf, bevor ich etwas sagen konnte, ging zur Tür und blieb kurz stehen. „Du bist zu klug, um nicht zu wissen, worauf das hinausläuft. Gute Nacht."

Die Tür fiel leise ins Schloss. Ich starrte auf den leeren Stuhl, auf die Excel-Tabelle, die immer noch auf meinem Bildschirm geöffnet war. Und ich fühlte eine Kälte, die nichts mit der Raumtemperatur zu tun hatte.

Am nächsten Morgen beschloss ich, die Produktionshalle genauer zu inspizieren. Ich war bisher nur wenige Male dort gewesen, und immer hatte es sich angefühlt, als würde ich einen Raum betreten, der nicht für mich bestimmt war.

Die Luft in der Halle war schwer, der Boden rissig, und die Maschinen – laut und träge – wirkten wie alte Krieger, die sich weigerten, zu fallen. Markus Stoll, der Techniker, stand an einer der ältesten Webmaschinen, ein Schraubenschlüssel in der Hand, der viel zu groß für die feinen Mechanismen schien, die er zu reparieren versuchte.

„Wie läuft's?" fragte ich, meine Stimme versuchte, gegen das Dröhnen der Maschinen anzukommen.

Er blickte auf, seine Stirn schweißbedeckt. „Es läuft."

„Und was heißt das?"

„Das heißt, dass wir jeden Tag beten, dass diese Dinger nicht komplett den Geist aufgeben."

Ich trat näher, beobachtete, wie er einen verrosteten Bolzen löste und ihn durch einen neuen ersetzte. „Wenn wir das Geld hätten, was würdest du als Erstes austauschen?"

Er hielt inne, seine Hand schwebte über der Maschine, bevor er mich ansah. „Alles."

Ich nickte langsam. „Fang mit dem an, was am wichtigsten ist."

„Am wichtigsten?" Er lachte leise. „Das ist das Problem. Alles ist wichtig."

Ich konnte ihm nicht widersprechen.

In den folgenden Wochen lernte ich die Belegschaft besser kennen. Es war ein seltsamer Haufen, ein Mix aus Altgedienten und einigen wenigen jüngeren Kräften, die geblieben waren, obwohl es längst einfacher gewesen wäre, woanders hinzugehen.

Da war Herr Gärtner, der Lagerleiter, der mehr über die Lieferkette der Avinger Werke wusste als jede Datenbank. Er sprach wenig, arbeitete viel, und schien mich mit einem skeptischen Blick zu beobachten, der mich mehr verunsicherte, als ich zugeben wollte.

Frau Riedel, die Sekretärin, war das Gegenteil. Sie war resolut, direkt, und hatte den Überblick über die Kundenliste, die Rechnungen und vermutlich auch über das Privatleben jedes Mitarbeiters. Ich wusste nicht, ob sie mich mochte, aber ich wusste, dass ich sie brauchen würde.

Und dann war da Markus Stoll, der Techniker. Anfang dreißig, ruhig, fast schüchtern, aber mit einem technischen Verständnis, das mir Respekt abnötigte. Er hatte sich freiwillig um die Wartung der älteren Maschinen gekümmert, und obwohl ich ihn selten sprechen hörte, war ich beeindruckt von der Präzision, mit der er seine Arbeit erledigte.

Doch je mehr ich über die Menschen hier erfuhr, desto stärker spürte ich die Last, die auf mir lag. Diese Leute verließen sich auf mich, obwohl ich mir selbst nicht sicher war, ob ich die Firma retten konnte und auch nicht ob ich es wirklich wollte.

Die Avinger Werke waren wie eine alte Festung: massig, schwerfällig, und voller Spuren einer längst vergangenen Schlacht. Jedes Mal, wenn ich durch die Produktionshallen ging, fühlte ich mich wie ein Eindringling. Die Maschinen waren laut, aber es war ein stumpfes, monotones Dröhnen, das mich an ein Herz erinnerte, das kurz vor dem Stillstand steht.

Markus Stoll war, wie immer, der Erste, der mich bemerkte. Er winkte mir zu, während er an einer Maschine arbeitete, die in einer Ecke der Halle vor sich hin ratterte. Ich ging zu ihm hinüber, vorbei an den misstrauischen Blicken der anderen Arbeiter.

„Was gibt's Neues?" fragte ich, und ich wusste, dass ich nichts hören würde, das mich beruhigte.

Markus richtete sich auf, seine Hände schwarz von Öl. „Die übliche Katastrophe. Die alte Dame hier hat wieder Aussetzer, und wir haben Lieferprobleme mit den Ersatzteilen."

„Was genau brauchen wir?"

„Zeit." Er lachte trocken und wischte sich die Hände an einem Tuch ab. „Und Geld. Aber ich nehme an, das ist nicht die Antwort, die du hören willst."

Ich nickte, sah auf die Maschine, deren Teile aus einer anderen Ära zu stammen schienen. „Wenn wir die Produktion nicht stabilisieren, ist alles andere egal."

Markus blickte mich an, und für einen Moment war da etwas wie Mitgefühl in seinen Augen. „Weißt du, das ist nicht dein Job, die Welt zu retten. Manchmal muss man akzeptieren, dass es vorbei ist.“

Ich schwieg, ließ seinen Kommentar im Lärm der Halle verschwinden.

Am nächsten Morgen lag ein Bericht auf meinem Schreibtisch, den Frau Riedel sorgfältig vorbereitet hatte. Ihre Handschrift war präzise, ihre Notizen unbestechlich.

„Die Zahlen der letzten drei Monate,“ sagte sie, während sie sich auf die Kante meines Schreibtischs setzte. „Ich werde ehrlich sein: Es sieht nicht gut aus.“

Ich nahm den Bericht in die Hand, blätterte durch die Seiten. Die Umsatzrückgänge, die gestiegenen Produktionskosten, die stagnierende Nachfrage – alles war da, schwarz auf weiß.

„Wir können das drehen,“ sagte ich, mehr zu mir selbst als zu ihr.

„Vielleicht,“ erwiderte sie. „Aber du musst Prioritäten setzen. Wir können nicht alles auf einmal reparieren.“

„Was schlägst du vor?“

„Fokussiere dich. Finde einen Bereich, in dem wir uns differenzieren können. Und streich den Rest.“

Es war ein pragmatischer Vorschlag, aber es fühlte sich an wie eine Kapitulation. „Wir können uns nicht noch mehr verkleinern.“

„Manchmal muss man etwas verlieren, um etwas Neues zu schaffen,“ sagte sie ruhig.

Die Worte von Frau Riedel ließen mich nicht los. Verlieren, um Neues zu schaffen. Es war ein Gedanke, der mich den ganzen Tag verfolgte, bis ich abends in einem der hinteren Lager stand.

Das Lager war kalt, dunkel, und der Geruch von Staub und altem Stoff hing in der Luft. Ich fand die Maschine, die ich suchte – ein Relikt aus den 90er-Jahren, längst außer Betrieb. Sie war für die Produktion von beschichtetem Gewebe gedacht, ein Versuch meines Großvaters, in den Markt für technische Textilien einzusteigen. Es war gescheitert, aber die Maschine war geblieben.

Ich zog eine Rolle des alten Materials aus dem Regal. Es fühlte sich seltsam an – leicht, flexibel, aber dennoch robust. Ich hielt es gegen das Licht, bog es, zog daran.

Da war eine Idee. Ein Funke.

Am nächsten Morgen rief ich Markus zu mir ins Büro.

„Kennst du die Maschine für beschichtete Gewebe im hinteren Lager?" fragte ich, ohne Umschweife.

„Natürlich. Ein Museumsstück. Warum?"

Ich legte das Material auf den Tisch. „Das hier könnte unser Weg sein."

Er nahm es in die Hand, prüfte es mit seinen geübten Bewegungen. „Das? Das ist uralt. Niemand verwendet so was mehr."

„Weil sie den Markt falsch verstanden haben. Aber was, wenn wir es anders machen? Dieses Material – es könnte im Bau verwendet werden. Leicht, wasserabweisend, langlebig."

Markus runzelte die Stirn. „Das klingt ambitioniert."

„Es ist machbar. Wenn…, wenn die Maschine noch funktioniert. Wir könnten eine kleine Testproduktion starten. Zielgruppen wären Dachdecker, Baumärkte, kleinere Bauunternehmen."

Er schüttelte den Kopf, ein leises Lächeln auf den Lippen. „Du bist verrückt. Aber es ist… interessant."

Ein paar Tage später präsentierte ich die Idee meinem Onkel.

„Bedachungsmaterial?" wiederholte er, als ich meine Präsentation beendet hatte.

„Ja. Wir nutzen das, was wir haben, und erweitern den Markt. Die Nachfrage nach innovativen Materialien wächst. Und wir umgehen die üblichen Vertriebswege, sprechen die Kunden direkt an."

Er lehnte sich zurück, sein Blick kühl. „Das klingt riskant."

„Alles andere ist ein Sterben auf Raten," entgegnete ich.

Ein Lächeln huschte über sein Gesicht. „Du bist überzeugt, oder?"

„Absolut."

„Gut." Er nahm sein Glas Rotwein in die Hand. „Aber wenn das schiefgeht, ist es dein Kopf, der rollt."

Die Idee, unser altes Material für die Bauindustrie zu verwenden, fühlte sich zunächst wie ein ferner Traum an. Doch je mehr ich mich mit den Details beschäftigte, desto klarer wurde mir, dass es mehr war als ein bloßer Funke. Es war ein Risiko – aber eines, das ich bereit war einzugehen.

Ich verbrachte Tage damit, alte Unterlagen durchzusehen, während Markus die Maschine im hinteren Lager wieder zum Leben erweckte. Frau Riedel stellte mir eine Liste von möglichen Kontakten zusammen – Dachdeckerbetriebe, kleinere Baumärkte, Händler, die vielleicht bereit wären, uns zuzuhören.

„Das ist das Material?" fragte Markus eines Nachmittags, als wir in der Produktionshalle standen. Vor uns lief die Maschine – laut, langsam, aber funktionierend.

Ich nickte. „Was denkst du?"

Er zog ein Stück des frisch gewebten Stoffes von der Rolle, hielt es gegen das Licht. „Es ist gut. Aber gut reicht nicht. Wenn das funktionieren soll, muss es besser sein als alles, was sie bisher gesehen haben."

„Es wird halten," sagte ich, ohne wirklich zu wissen, ob es stimmte.

Markus lächelte leicht, schüttelte den Kopf. „Du bist ziemlich gut darin, so zu tun, als wärst du sicher. Aber ich mache das hier trotzdem. Nicht wegen dir, sondern weil ich glaube, dass die Idee funktioniert."

Einige Tage später saß ich im Büro eines lokalen Dachdeckers. Herr Meißner war ein Mann in den Vierzigern, mit rauen Händen und einem Blick, der jede Schwäche sofort erkannte. Vor ihm lag eine Probe unseres Materials und die Prüfzeugnisse der von uns beauftragten Labore, die die Eignung des Materials endlich bestätigt hatten. Ich beobachtete, wie seine Finger das Material prüfend befühlten, es zwischen dehnten, es rieben.

„Sie sagen, das ist wasserabweisend?" fragte er, ohne den Blick von der Probe zu nehmen.

„Ja. Und dabei leichter als die meisten Alternativen auf dem Markt."

„Und der Preis?"

„Wettbewerbsfähig," sagte ich, obwohl ich wusste, dass das eine halbe Wahrheit war.

Er lehnte sich zurück, verschränkte die Arme. „Ich will ehrlich sein. Es klingt gut, aber ich habe schon zu viele Versprechungen gehört. Warum sollte ich Ihnen trauen?"

„Weil wir nichts zu verlieren haben," erwiderte ich. „Das hier ist nicht nur ein Produkt. Es ist unsere Chance. Und wir werden alles tun, damit es funktioniert."

Er schwieg einen Moment, dann nickte er langsam. „Fünf Rollen. Aber wenn das Zeug nicht hält, war's das."

Es war kein großer Auftrag. Aber es war ein Anfang.

Am nächsten Tag war die Produktionshalle in Bewegung wie lange nicht mehr. Die Mitarbeiter wirkten fast wie besessen, als sie die ersten fünf Rollen unseres neuen Materials verluden. Markus stand an einer der Maschinen und überprüfte die Einstellungen, während ich ihm von der Seite zusah.

„Das ist nur ein Test," sagte ich.

Er nickte, ohne den Blick von den Anzeigen abzuwenden. „Ein Test, der unser Leben verändern könnte."

„Das klingt dramatisch."

„Weil es das ist," sagte er trocken.

Die Rollen wurden auf einen kleinen, blauen Lkw verladen, und ich konnte nicht anders, als die ganze Szene mit einer seltsamen Mischung aus Stolz und Angst zu beobachten.

Ein paar Wochen später war ich zurück im Büro des Dachdeckers. Herr Meißner saß wie beim letzten Mal hinter seinem Schreibtisch, doch diesmal lag ein Ausdruck von Überraschung in seinem Gesicht.

„Das Zeug hält," sagte er, ohne Umschweife.

„Das freut mich zu hören," antwortete ich, bemühte mich, die Erleichterung in meiner Stimme zu verbergen.

„Aber es ist teuer," fügte er hinzu.

„Teurer als minderwertige Alternativen," sagte ich. „Aber wenn Sie die Haltbarkeit und die Leichtigkeit betrachten, ist es ein Gewinn."

Er nickte langsam. „Vielleicht. Aber Sie werden das den anderen erklären müssen. Die Branche ist nicht bekannt dafür, Risiken einzugehen."

Es war eine Warnung, und ich nahm sie ernst. Doch tief in mir spürte ich, dass wir auf etwas Großes gestoßen waren.

Der Erfolg unseres ersten Tests sprach sich schnell herum, und ich wusste, dass mein Onkel es ebenfalls gehört hatte. Eines Abends, als ich im Büro saß und die Verkaufszahlen überprüfte, trat er wieder ohne Vorwarnung ein.

„Ich habe gehört, dein neues Wundermaterial funktioniert," sagte er, während er einen Ordner auf meinen Tisch warf.

„Das tut es," erwiderte ich.

„Und jetzt?"

Ich wusste, dass er die Frage nicht aus Interesse stellte. Es war ein Test. „Jetzt skalieren wir die Produktion. Und wir gehen aggressiver auf den Markt."

Er hob eine Augenbraue. „Aggressiver? Das klingt nach mehr Kosten."

„Wir müssen investieren, um zu wachsen."

„Oder du treibst die Firma damit endgültig in den Abgrund."

„Wir haben keine andere Wahl," sagte ich und stand auf. „Wenn wir nicht handeln, sterben wir sowieso."

Er betrachtete mich lange, bevor er schließlich nickte. „Du klingst wie dein Großvater."

„War das ein Kompliment?"

„Vielleicht."

Die Avinger Werke begannen sich zu verändern. Die Halle, die vor Wochen noch wie ein Ort des Stillstands gewirkt hatte, war nun voller Bewegung. Die alten Maschinen liefen auf Hochtouren, und Markus Stoll und sein kleines Team arbeiteten fast rund um die Uhr, um die Produktion am Laufen zu halten.

Die ersten Aufträge kamen schneller, als ich erwartet hatte. Es waren keine großen Mengen, keine Deals, die unsere Probleme auf einen Schlag lösen würden, aber sie waren eine Basis, eine Basis auf der man aufbauen konnte. Baumärkte, kleine Dachdeckerbetriebe – die Resonanz war verhalten, aber positiv.

„Das Material spricht für sich," sagte Markus eines Abends, als wir gemeinsam in der Halle standen und die frisch produzierten Rollen betrachteten.

„Das hoffe ich," erwiderte ich.

Er musterte mich mit seinem üblichen, skeptischen Blick. „Du hoffst zu viel und schläfst zu wenig."

„Das gehört dazu."

„Vielleicht," sagte er. „Aber ich habe das Gefühl, dass du dich aufreiben wirst, wenn du so weitermachst."

Ich ignorierte seinen Kommentar, doch die Worte ließen mich nicht los.

Eines Nachmittags, als ich gerade dabei war, eine Liste potenzieller neuer Kunden durchzugehen, klopfte Frau Riedel an die Tür. Sie trat ein, ohne meine Antwort abzuwarten, und legte eine Mappe auf den Tisch.

„Was ist das?" fragte ich, während ich die Mappe öffnete.

„Informationen über einen unserer alten Konkurrenten. Die haben gerade ein neues Produkt vorgestellt – und es ist verdammt nah an dem, was wir machen."

Ich zog ein Datenblatt heraus, das ein ähnliches Material wie unseres zeigte. Die technischen Spezifikationen waren beeindruckend, und der Preis – niedriger, als wir es uns leisten konnten.

„Wer ist das?"

„Hansen Textil."

Ich schloss die Mappe und lehnte mich zurück. Hansen war ein Name, den ich seit meiner Kindheit kannte und der mit dem unguten Gefühl von Bedrohung verbunden war. Sie waren immer einen Schritt voraus gewesen, hatten die Trends erkannt, bevor wir es taten. Und jetzt? Jetzt waren sie wieder da, stärker denn je.

„Was schlagen Sie vor?" fragte ich.

Frau Riedel zuckte mit den Schultern. „Wir müssen schneller sein. Und besser."

Die Konkurrenz war nicht das einzige Problem. Innerhalb der Firma begannen die Spannungen zu wachsen. Die neuen Aufträge bedeuteten mehr Arbeit, und die Belegschaft war längst an ihre Grenzen gestoßen.

Herr Gärtner, der Lagerleiter, war der Erste, der mir seine Sorgen offenlegte.

„Die Leute sind müde," sagte er eines Nachmittags, als wir im Lager standen. „Sie arbeiten härter als je zuvor, aber sie haben das Gefühl, dass es niemand merkt."

„Ich merke es," entgegnete ich.

„Das reicht nicht. Sie brauchen mehr als Worte."

Ich wusste, dass er recht hatte, aber die Firma war finanziell noch zu instabil, um großzügig zu sein.

Markus kam später am selben Tag zu mir ins Büro. „Wir können so nicht weitermachen," sagte er, ohne Umschweife.

„Was meinst du?"

„Die Maschinen laufen am Limit. Und die Leute auch. Du kannst nicht einfach immer mehr fordern, ohne zu geben."

„Ich gebe alles, was ich habe."

„Das weiß ich," sagte er ruhig. „Aber irgendwann reicht das nicht mehr."

Inmitten all dieses Chaos lernte ich Clara kennen. Es war ein Sonntag, einer der wenigen Tage, an denen ich mir erlaubte, das Büro zu verlassen.

Ich war in einem kleinen Café, irgendwo am Rand der Stadt, als sie hereinkam. Sie hatte lange braune Haare, trug einen schlichten Mantel, und ihr Blick war entschlossen, aber warm. Ich bemerkte sie sofort, doch ich hätte nie gedacht, dass sie sich direkt an meinen Tisch setzen würde.

„Entschuldigung," sagte sie mit einem Lächeln, das mehr als höflich war. „Alle anderen Tische sind besetzt."

„Natürlich," sagte ich, und bevor ich es wusste wie mir geschah, saß sie mir gegenüber.

Wir kamen ins Gespräch, zuerst über Belangloses – das Wetter, das Café, die Stadt. Doch schon bald wurde es tiefer. Clara war Grafikdesignerin, freiberuflich, und sprach mit einer Leidenschaft über ihre Arbeit, die mich faszinierte.

„Und was machen Sie?" fragte sie schließlich.

Ich zögerte kurz. „Ich leite ein Familienunternehmen."

„Das klingt… bodenständig."

Ich lachte leise. „Es ist eher ein Drahtseilakt."

„Das macht es interessanter."

Clara wurde schnell zu einem Fixpunkt in meinem Leben. Ihre Nachrichten, ihre Gespräche – sie brachten eine Leichtigkeit in meinen Alltag, die ich lange vermisst hatte. Doch gleichzeitig spürte ich, wie schwer es war, die Balance zwischen ihr und der Firma zu finden.

„Du arbeitest zu viel," sagte sie eines Abends, als wir telefonierten.

„Das gehört dazu."

„Vielleicht. Aber irgendwann wirst du feststellen, dass du etwas verpasst hast."

Ihre Worte erinnerten mich an Markus. Und an Gärtner. Und an meine eigenen Zweifel.

Zurück in der Firma stellte sich eine neue Frage: Skalierung. Wir hatten erste Erfolge, aber um wirklich konkurrenzfähig zu sein, mussten wir investieren – in neue Maschinen, in mehr Mitarbeiter, in eine breitere Produktion.

Ich rief ein Meeting mit Markus, Frau Riedel und meinem Onkel ein.

„Wir müssen wachsen," begann ich, ohne Umschweife.

Mein Onkel verschränkte die Arme. „Das heißt höhere Kosten."

„Das heißt, dass wir eine Zukunft haben."

Markus schüttelte den Kopf. „Das ist ein Risiko."

„Ich weiß. Aber es ist ein kalkuliertes Risiko."

„Und wenn es schiefgeht?" fragte mein Onkel.

„Dann rollt mein Kopf," sagte ich.

Es war ein Satz, den ich oft gesagt hatte. Doch diesmal fühlte er sich schwerer an als je zuvor.

Die Maschinen liefen rund um die Uhr, und die Luft in der Halle war schwer vor Öl und Schweiß. Markus' Team arbeitete fieberhaft, doch ich sah die Erschöpfung in ihren Gesichtern. Es waren nicht nur die Maschinen, die an ihre Grenzen stießen – es waren die Menschen.

Ich stand am Rand der Produktionshalle, beobachtete das Chaos, als Markus auf mich zukam. Seine Augen waren gerötet, und sein Tonfall war direkter als sonst.

„Wir brauchen neue Maschinen," sagte er, bevor ich etwas sagen konnte.

„Ich weiß," antwortete ich.

„Nein, ich meine jetzt. Nicht in ein paar Monaten. Wenn wir so weitermachen, fliegt uns der Laden um die Ohren."

Ich wollte ihm zustimmen, aber mein Onkel hatte bereits mehrfach klar gemacht, dass größere Investitionen momentan ein Risiko wären. „Ich kümmere mich darum," sagte ich schließlich, in der Hoffnung, ihn zu beruhigen.

Doch Markus ließ nicht locker. „Das ist keine Entscheidung, die du aufschieben kannst. Hansen Textil wird uns überrollen, wenn wir nicht endlich in die Zukunft investieren."

Hansen Textil war tatsächlich wie ein Sturm, der plötzlich am Horizont auftauchte. Sie hatten nicht nur ein ähnliches

Material entwickelt – sie waren schneller, günstiger und aggressiver auf dem Markt.

„Sie haben gerade einen Großauftrag von einem unserer potenziellen Kunden bekommen," sagte Frau Riedel, während sie eine E-Mail auf meinen Bildschirm schickte.

Ich las die Nachricht, und mein Magen zog sich zusammen. Es war ein lokales Bauunternehmen, mit dem ich vor Wochen gesprochen hatte. Sie hatten Interesse an unserem Material gezeigt – jetzt hatten sie sich für Hansen entschieden.

„Warum?" fragte ich, obwohl ich die Antwort kannte.

„Ihr Preis ist niedriger. Und sie liefern schneller."

Ich ballte die Hände zu Fäusten. „Was haben wir, das sie nicht haben?"

Frau Riedel dachte kurz nach. „Eine Geschichte. Eine Verbindung zur Region. Aber das reicht nicht, wenn der Preis am Ende zählt."

Ich nickte langsam. Es war klar, dass wir handeln mussten. Doch wie konkurriert man mit einem Unternehmen, das in allen wichtigen Punkten überlegen ist?

An diesem Abend traf ich mich mit Clara. Wir saßen in einem kleinen Restaurant am Rand der Stadt, und ich versuchte, die Anspannung in meinem Kopf zu ignorieren.

„Du bist nicht ganz hier," sagte sie, als sie ihre Gabel zur Seite legte.

„Es ist nur… die Arbeit," antwortete ich ausweichend.

„Immer die Arbeit." Sie lächelte, aber ich spürte, dass es sie störte. „Was ist los?"

Ich erzählte ihr von Hansen, von den Maschinen, von der Erschöpfung in der Halle. Sie hörte aufmerksam zu, und als ich geendet hatte, sagte sie: „Du kannst nicht alles kontrollieren. Manchmal musst du loslassen."

„Ich kann nicht loslassen. Nicht, wenn alles davon abhängt."

„Vielleicht solltest du dir die Frage stellen, ob wirklich alles davon abhängt. Oder ob du dir das nur einredest."

Am nächsten Tag rief ich ein Meeting ein. Markus, Frau Riedel und mein Onkel saßen mir gegenüber, und ich konnte die Spannung im Raum förmlich spüren.

„Wir brauchen neue Maschinen," begann ich.

Mein Onkel verschränkte die Arme. „Das hatten wir schon. Und wir können es uns nicht leisten."

„Wenn wir sie nicht kaufen, können wir uns gar nichts mehr leisten," entgegnete ich.

Markus warf eine Liste auf den Tisch. „Hier sind die Modelle, die wir brauchen. Es sind keine Luxusgeräte – nur das, was nötig ist, um mithalten zu können."

Ich sah meinen Onkel an. „Das ist ein kalkuliertes Risiko. Wenn wir jetzt nicht investieren, verlieren wir alles."

Er schwieg einen Moment, bevor er schließlich nickte. „Gut. Aber wenn das schiefgeht, ist es aus. Diesmal für immer."

Kaum hatte ich das Meeting beendet, klingelte mein Telefon. Es war einer unserer Kunden, ein kleines Bauunternehmen, das von Beginn an mit mir, mit den neuen Avinger Werken zusammenarbeitete.

„Wir müssen unsere Zusammenarbeit überdenken," sagte die Stimme am anderen Ende.

„Warum?"

„Hansen Textil hat uns ein Angebot gemacht, das wir nicht ablehnen können. Sie bieten nicht nur niedrigere Preise, sondern auch längere Zahlungsziele."

Ich schloss die Augen und atmete tief durch. „Wir können bessere Qualität liefern. Und Sie wissen, dass wir immer zuverlässig waren."

„Das stimmt," sagte der Kunde. „Aber in diesen Zeiten zählt das Geld. Ich hoffe, Sie verstehen das."

Als ich auflegte, fühlte ich eine Leere in mir, die schwerer war als alles, was ich bisher gespürt hatte.

Der Tag hatte schlecht begonnen, und jetzt war er noch schlechter geworden. Das Telefonat mit dem Kunden hallte in meinem Kopf wider, obwohl es bereits Stunden her war.

„Wir müssen unsere Zusammenarbeit überdenken," hatte er gesagt, und seine Worte hatten mich wie ein Pfeil getroffen. „Hansen Textil hat uns ein Angebot gemacht, das wir nicht ablehnen können. Sie bieten nicht nur niedrigere Preise, sondern auch längere Zahlungsziele."

Ich hatte versucht, ihn umzustimmen, hatte von unserer Qualität und Zuverlässigkeit gesprochen, aber er war höflich geblieben, fast entschuldigend. „Es tut mir leid. Es ist einfach eine Frage des Geldes."

Als ich auflegte, fühlte ich eine Leere, die schwerer war als alles, was ich bisher gespürt hatte. Es war nicht nur ein verlorener Kunde, es war ein Symbol. Ein Zeichen dafür, dass wir ins Straucheln gerieten und es nichts gab, was ich dagegen tun konnte.

Ich stand in der Produktionshalle, die sonst vom gleichmäßigen Dröhnen der Maschinen erfüllt war. Doch heute klang es anders. Der Rhythmus war gestört, als ob die Maschinen meine eigene Unruhe spiegelten.

Markus trat zu mir, seine Stirn in tiefe Falten gelegt. „Wir müssen   reden."
„Was ist los?" fragte ich, obwohl ich es bereits wusste.
„Die Leute sind unzufrieden. Sie sehen, was passiert. Hansen übernimmt den Markt, und wir reagieren immer nur, anstatt selbst die Initiative zu ergreifen."
Ich ballte die Hände zu Fäusten. „Wir tun, was wir können. Was   erwartest   du?"
„Ich erwarte, dass du führst," sagte Markus, seine Stimme

ruhig, aber bestimmt. „Die Leute brauchen mehr als nur Maschinen und Strategien. Sie brauchen jemanden, der ihnen zeigt, dass es Hoffnung gibt."

„Hoffnung?" Ich schnaubte. „Hoffnung zahlt keine Rechnungen. Hoffnung gewinnt keine Kunden zurück."

Markus starrte mich an, und ich sah die Enttäuschung in seinen Augen. „Wenn du so denkst, haben wir schon verloren."

In der folgenden Nacht saß ich allein in meinem Büro. Die Zahlen auf dem Bildschirm waren gnadenlos – wir verloren Kunden, und unsere Produktion konnte nicht mit der Nachfrage Schritt halten.

Ich dachte an meinen Großvater, an die Entscheidungen, die er getroffen hatte. Er hatte immer auf Instinkt vertraut, hatte Risiken in Kauf genommen, die andere für töricht hielten. Aber ich war nicht wie er. Ich hatte immer geplant, analysiert, abgewogen.

Jetzt wusste ich nicht mehr, ob das ausreichte.

Der Vertrag, der auf meinem Schreibtisch lag, war ein Angebot von einer Bank. Ein Kredit, der uns die Maschinen finanzieren würde – aber zu einem Preis, der mich erschaudern ließ. Mein Onkel hatte mir endlich für diese Investition freie Hand gegeben und wir brauchten sie dringend, dringender als je zuvor. Ich griff nach dem Stift und hielt ihn über die Linie, die meine Unterschrift verlangte. Doch ich zögerte.

Was, wenn ich falsch lag?

Ja, dieses Dokument war der Schlüssel zu den neuen Maschinen, zur Skalierung, zur Rettung der Avinger Werke. Doch die Konditionen der Bank waren brutal.

Ich hielt den Stift in der Hand, meine Finger krampften sich um das Metall, als könnte ich damit die Schwere der Entscheidung erdrücken.

„Wenn du das unterschreibst," hörte ich die Stimme meines Onkels in meinem Kopf, „dann setzt du vielleicht alles aufs Spiel." Aber was war die Alternative? Stillstand? Niederlage?

Ich schloss die Augen und zwang mich, an die Gesichter der Mitarbeiter zu denken. Markus, der jeden Tag die alten Maschinen am Leben hielt. Frau Riedel, die mit eiserner Disziplin den Laden zusammenhielt. Herr Gärtner, dessen jahrzehntelange Treue eine stille Mahnung war.

Und dann dachte ich an Hansen Textil. An ihre Versprechen, ihre Preise, ihre schnellen Erfolge. Sie hatten keinen Raum für Zweifel gelassen – und keinen Raum für uns, wenn wir nicht mithielten.

Ich setzte den Stift an und unterschrieb.

Am nächsten Morgen versammelte ich Markus, Frau Riedel und meinen Onkel im Besprechungsraum. Der Tisch war leer, bis auf den Vertrag, der nun die Zukunft der Avinger Werke besiegelte.

„Die Maschinen sind bestellt," begann ich, und meine Stimme klang ruhiger, als ich mich fühlte.

Markus hob eine Augenbraue. „Du hast den Kredit aufgenommen?"

„Ja."

„Das ist… mutig… gewagt."

„Es ist notwendig," entgegnete ich. „Wir haben keine andere Wahl."

Mein Onkel verschränkte die Arme und lehnte sich zurück. „Du hast Mut, das muss man dir lassen. Aber ich hoffe, du weißt, was du tust."

„Das tue ich," sagte ich, obwohl die Wahrheit irgendwo dazwischen lag.

Die Maschinen waren unterwegs, und die Produktion lief weiterhin auf Hochtouren – doch die Konkurrenz schlief nicht.

Hansen Textil setzte weiter alles daran, uns aus dem Markt zu drängen.

„Sie haben gerade eine Kampagne gestartet," berichtete Frau Riedel eines Nachmittags, während sie mir eine Anzeige auf ihrem Tablet zeigte.

Die Anzeige war einfach, aber effektiv: „Qualität zu unschlagbaren Preisen. Hansen Textil – die Zukunft des Bauens."

„Sie unterbieten uns in jedem Bereich," fügte sie hinzu. „Und sie haben bereits einige unserer potenziellen Kunden überzeugt."

Ich ballte die Hände zu Fäusten. „Wir müssen uns auf unsere Stärken konzentrieren. Qualität, Verlässlichkeit, Regionalität. Wir sprechen direkt mit den Kunden und zeigen ihnen, dass wir besser sind."

„Das wird nicht reichen," sagte sie. „Nicht, wenn sie weiterhin so aggressiv vorgehen."

Clara bemerkte sofort, dass mich etwas beschäftigte. Wir trafen uns in einem kleinen Park, wo die Blätter der Bäume in warmen Herbstfarben leuchteten. Sie trug einen Schal, der locker über ihre Schultern fiel, und ihre Augen suchten meinen Blick, während ich schwieg.

„Willst du mir sagen, was los ist?" fragte sie schließlich.

„Es ist… alles." Ich seufzte und ließ den Blick über die kahlen Bäume schweifen. „Die Firma, die Konkurrenz, die Entscheidungen, die ich treffen muss. Es fühlt sich an, als würde alles von mir abhängen."

„Vielleicht tut es das auch," sagte sie sanft. „Aber das bedeutet nicht, dass du alles allein tragen musst."

„Und wer soll mir helfen?"

Sie lächelte leicht. „Du lässt nie zu, dass jemand hilft. Aber vielleicht solltest du anfangen, das zu ändern."

Ihre Worte hatten Gewicht, und ich wusste, dass sie recht hatte. Doch es war leichter gesagt als getan.

Einige Wochen später kamen die „TechTex"-Tage. Jene Messe, in der die meisten Unternehmen unserer Branche fast die Hälfte Ihres jährlichen Umsatzes abschlossen. Ein Ort an dem Verträge geschlossen und Kontakte geknüpft wurden.

Die Messehalle war laut und geschäftig, erfüllt von Stimmengewirr und dem Summen der Maschinen, die die neuesten Technologien präsentierten. Ich hasste solche Veranstaltungen, doch Markus hatte darauf bestanden, dass unsere Präsenz wichtig war. „Wir müssen zeigen, dass wir noch dabei sind," hatte er gesagt. Es fühlte sich an wie eine Farce.

Ich stand allein an unserem kleinen Stand, der im Vergleich zu den glitzernden Displays der großen Unternehmen beinahe mickrig wirkte. Plötzlich fiel mein Blick auf einen Stand am Ende der Halle. Hansen Textil. Ihre Farben, ihre Logos, ihre perfekt gestylten Vertreter – alles strahlte Erfolg und Selbstbewusstsein aus. Und mittendrin: ein Mann, den ich sofort erkannte.

Er kam auf mich zu, die Hände lässig in den Taschen seines maßgeschneiderten Anzugs. Er war nicht alt, vielleicht Mitte vierzig, doch sein Auftreten hatte eine Arroganz, die ihn älter wirken ließ. Es war Felix Hansen, der Geschäftsführer der Hansen Werke.

„Avinger," sagte er mit einem breiten Lächeln, das nichts Freundliches hatte. „Ich hätte nicht gedacht, dass ich dich hier sehe."

„Hansen," erwiderte ich knapp. Mein Herz begann schneller zu schlagen, aber ich hielt meinem Instinkt entgegen, mich umzudrehen und zu gehen.

„Du machst dir ja wirklich Mühe, den Schein zu wahren," sagte er, seine Stimme zu laut, als dass sie nicht auch von den Leuten in der Nähe gehört werden konnte. „Kleiner Stand, aber charmant. Sehr bodenständig."

„Wir tun, was nötig ist,“ antwortete ich. Meine Hände waren zu Fäusten geballt, aber ich hielt sie ruhig.

„Natürlich,“ sagte er und zog ein glänzendes Prospekt aus der Innentasche seines Sakkos. „Wir tun das auch.“ Er hielt es mir hin, und ich erkannte darauf das Logo eines unserer wichtigsten Kunden. „Ich dachte, es interessiert dich, was wir für eure alten Freunde so anbieten. Sie scheinen begeistert zu sein.“

Ich wollte ihm das Prospekt aus der Hand schlagen, wollte etwas sagen, das seinen Triumph brechen würde, aber ich blieb stumm. Er lachte leise, ein glattes, selbstgefälliges Geräusch. „Es ist nichts Persönliches, Avinger. Es ist nur Geschäft.“

„Für dich vielleicht,“ erwiderte ich endlich. „Für mich geht es hier um mehr als nur Zahlen.“

„Oh, ich weiß,“ sagte er, seine Augen blitzten vor Spott. „Das ist der Unterschied zwischen uns. Für mich geht es darum, zu gewinnen. Für dich? Um irgendwelche sentimentalen Träume. Aber du wirst bald merken, dass Träume nicht überleben, wenn die Zahlen nicht stimmen.“

Er drehte sich um, als hätte er gewonnen, und ließ mich stehen. Die Wut in mir kochte über, doch ich wusste, dass er recht hatte. Die Zahlen stimmten nicht. Und Träume waren keine Rettung.

Zwei Wochen später kamen endlich die ersten neuen Maschinen an. Markus und sein Team arbeiteten unermüdlich daran, sie zu installieren und in Betrieb zu nehmen. Die Produktionshalle war ein Chaos aus Kisten, Werkzeugen und aufgeregten Stimmen.

Ich stand neben Markus, während er die Anzeigen der ersten Maschine überprüfte.

„Das ist ein Biest,“ sagte er, und ich sah ein seltenes Lächeln auf seinem Gesicht.

„Wird es uns retten?“ fragte ich.

„Das hängt davon ab, wie du es einsetzt.“

Die Maschinen liefen reibungslos, schneller und effizienter als die alten Modelle. Doch ich wusste, dass sie nur ein Teil des Puzzles waren. Die Konkurrenz blieb stark, und der Druck, Ergebnisse zu liefern, wuchs mit jedem Tag.

Kurz nach der Inbetriebnahme der Maschinen kam eine weitere Nachricht von Hansen Textil. Diesmal hatten sie einen Vertrag mit einem großen Bauunternehmen abgeschlossen – einem potenziellen Kunden, den ich für unsere neue Strategie im Blick gehabt hatte.

„Sie übernehmen den Markt," sagte Frau Riedel, während sie mir die Zahlen zeigte. „Wenn wir sie nicht stoppen, sind wir in ein paar Monaten raus."

Ich presste die Lippen zusammen und stand auf. „Wir müssen unsere Strategie ändern. Ab sofort konzentrieren wir uns auf Direktverkäufe. Keine Umwege über Händler. Wir gehen direkt zu den Kunden und bieten ihnen genau das, was sie brauchen."

„Das ist riskant," sagte sie.

„Alles ist immer riskant," erwiderte ich gereizt. „Aber das ist wie jedesmal unsere einzige Chance."

In den folgenden Wochen arbeitete ich wie besessen. Die neuen Maschinen liefen auf Hochtouren, die Mitarbeiter arbeiteten härter als je zuvor, und unsere Direktvertriebsstrategie begann, erste Erfolge zu zeigen.

Doch der Druck zeigte Wirkung. Die Spannungen innerhalb der Firma wuchsen, und die Belegschaft begann, leise gegen die Veränderungen zu rebellieren.

Herr Gärtner war der Erste, der mir seine Meinung sagte. „Früher hatten wir hier eine Familie," sagte er eines Abends, als ich ihn in der Halle traf. „Jetzt fühlt es sich an wie eine Maschine."

„Es muss so sein," entgegnete ich.

„Vielleicht," sagte er. „Aber eine Maschine hat kein Herz.
Und wenn das fehlt, bricht sie irgendwann zusammen."

VIER

Die Produktion lief. Die neuen Maschinen summten gleichmäßig, fast beruhigend. Markus hatte es geschafft, sie schneller in Betrieb zu nehmen, als ich erwartet hatte, und die ersten Zahlen sahen vielversprechend aus. Doch Hansen Textil blieb ein Schatten, der sich nicht abschütteln ließ.

„Sie planen eine Preisoffensive," sagte Frau Riedel bei unserem morgendlichen Meeting. Ihre Stimme war ruhig, aber ich sah den Stress in ihrem Blick. „Unsere Quellen sagen, dass sie bereit sind, unter ihren eigenen Produktionskosten zu verkaufen, nur um uns auszustechen."

„Das ist Wahnsinn," sagte Markus.

„Es ist effektiv," entgegnete Frau Riedel. „Wenn sie genug Marktanteil gewinnen, wird es ihnen egal sein, wie viel sie dabei verlieren."

Ich starrte auf die Zahlen vor mir, spürte die Spannung in meinem Nacken wachsen. „Wir können nicht mit ihren Preisen mithalten. Aber wir können mit Qualität und Service punkten. Das ist unsere einzige Waffe."

Mein Onkel, der bisher geschwiegen hatte, schüttelte den Kopf. „Das reicht nicht. Du kannst Qualität predigen, wie du willst. Wenn die Kunden keine Rechnungen mehr bezahlen können, wählen sie den billigeren Anbieter."

„Was schlägst du vor?" fragte ich, obwohl ich wusste, dass ich die Antwort nicht hören wollte.

„Verkauf das Werk. Hansen will nur den Markt dominieren
– wenn du klug bist, verhandelst du mit ihnen, bevor sie dich
zur Aufgabe zwingen."

Ich sah ihn an, und für einen Moment wollte ich ihm zustimmen. Doch etwas in mir wehrte sich.

„Das werde ich nicht tun."

Er zuckte mit den Schultern. „Dann hoffe ich, dass du weißt,
was du tust."

Inmitten all dessen war Clara mein Anker – oder zumindest
versuchte sie es zu sein. Wir schrieben uns täglich. Ihre Nachrichten waren der Lichtblick in meinem hektischen Alltag, ein
Moment der Leichtigkeit, der mich aus dem Chaos der Zahlen
und Verhandlungen riss.

Clara: *Guten Morgen! Schon wach?*

Ich: *Schon lange. Meetings, Maschinen, Hansen – du kennst das
Programm.*

Clara: *Ich hätte dir gern einen ruhigeren Start in den Tag gewünscht. Wie wär's, wenn wir heute Abend was trinken gehen?*

Ich starrte auf die Nachricht, den Cursor blinkend in der
Antwortzeile. Es war ein Angebot, das ich annehmen wollte.
Doch ich wusste, dass ich es nicht konnte.

Ich: *Würde ich gern, aber heute wird es spät. Vielleicht morgen?*

Die Antwort kam schneller, als ich erwartet hatte.

Clara: *„Vielleicht morgen" klingt nach einer klassischen Ausrede.*

Ich: *Es ist keine Ausrede. Es ist… kompliziert.*

Clara: *Alles ist kompliziert, wenn man es kompliziert macht.*

Ich seufzte und legte das Handy zur Seite. Ich wusste, dass
sie recht hatte. Aber die Firma fraß mich auf, und ich konnte
mich nicht davon lösen – selbst wenn es bedeutete, sie zu enttäuschen.

Ein paar Tage später schaffte ich es, mich mit Clara zu treffen. Es war spät, später als geplant, und ich hatte bereits eine Nachricht von ihr erhalten: *„Du kommst nicht, oder?"*

Ich eilte in das kleine Restaurant, in dem wir uns verabredet hatten, und fand sie an einem Tisch in der Ecke, ein Glas Wein vor sich. Ihr Blick war kühl, aber sie lächelte, als ich mich setzte.

„Du bist spät," sagte sie, ohne Vorwurf in der Stimme, aber mit einem Unterton, der deutlich genug war.

„Es war ein langer Tag."

„Es ist immer ein langer Tag."

Ich schwieg, unsicher, was ich sagen sollte. Sie seufzte leise, hob das Glas und sah mich an. „Weißt du, ich mag dich. Aber ich frage mich, ob ich immer nur die zweite Wahl bin."

„Das bist du nicht," sagte ich schnell. „Es ist nur… die Firma. Sie steht auf Messers Schneide, und ich kann es mir nicht leisten, einen Schritt zurückzutreten."

„Und was ist mit dir? Kannst du es dir leisten, dich selbst zu verlieren?"

Ihre Worte trafen mich härter, als ich erwartet hatte. Doch anstatt zu antworten, griff ich nach meinem eigenen Glas und trank einen großen Schluck.

Trotz des holprigen Anfangs endete der Abend besser, als er begonnen hatte. Wir sprachen über ihre Arbeit, über ihre Pläne, über die Reisen, die sie eines Tages machen wollte. Ihre Augen leuchteten, wenn sie über ihre Träume sprach, und für einen Moment vergaß ich alles andere.

Als wir das Restaurant verließen, war die Luft kalt, und sie zog ihren Mantel enger um sich. Ich ging neben ihr her, unsicher, ob ich sie nach Hause begleiten sollte.

„Weißt du," sagte sie plötzlich, „ich mag es, dass du so leidenschaftlich bist. Aber manchmal wünsche ich mir, dass du ein bisschen mehr von dieser Leidenschaft für dich selbst übrig hast."

Ich sah sie an, und bevor ich etwas sagen konnte, lehnte sie sich zu mir und küsste mich. Es war ein stiller, langsamer Kuss, der all die Worte ersetzte, die ich nicht gefunden hatte.

Am nächsten Morgen wartete bereits eine neue Hiobsbotschaft. Hansen Textil war nun auch in die Direktvermarktung eingestiegen, die direkt auf unsere Kunden abzielte.

„Wir haben gerade eine Absage von einem weiteren Bauunternehmen bekommen," sagte Frau Riedel, während sie eine Nachricht auf ihrem Tablet zeigte. „Sie haben sich für Hansen entschieden."

„Wie lange können wir so weitermachen?" fragte Markus.

„Nicht lange," sagte ich.

Die Realität war brutal. Unsere neuen Maschinen waren ein Fortschritt, aber sie konnten nicht mit Hansens Preispolitik mithalten.

„Was schlägst Du vor?" fragte ich Markus.

Er dachte einen Moment nach, bevor er antwortete. „Wir müssen zeigen, dass wir anders sind. Nicht billiger, sondern besser. Aber das bedeutet, dass du rausgehen und die Kunden selbst überzeugen musst."

„Du willst, dass ich Verkäufer spiele?"

„Nein," sagte er. „Ich will, dass du ihnen zeigst, warum sie dir vertrauen sollten."

FÜNF

Die Konkurrenz durch Hansen Textil drängte uns in die Ecke, doch genau dort begann mein Kopf klarer zu arbeiten. Ich wusste, dass wir den Kampf mit ihren Waffen – Preis und Geschwindigkeit – nicht gewinnen konnten. Aber ich hatte etwas, das Hansen nicht hatte: die Fähigkeit, groß zu denken, Risiken einzugehen und Lösungen zu sehen, wo andere nur Probleme sahen.

Es war spät in der Nacht, und ich saß in meinem Büro, umgeben von Stapeln alter Berichte und Produktmustern. Mein Blick fiel auf eine Rolle des neuen Materials, das wir produziert hatten. Ich zog sie zu mir, fühlte das Gewebe zwischen meinen Fingern und hielt es gegen das Licht.

Dann kam der Gedanke.

Warum nur Dachdecker? Warum nur Bauunternehmen? Dieses Material war mehr als ein Nischenprodukt – es hatte Potenzial, weit über unsere derzeitigen Zielgruppen hinaus.

Ich griff nach meinem Laptop und begann zu recherchieren. Outdoor-Möbel, Campingausrüstung, Schutzhüllen – all das benötigte leichtes, wasserabweisendes und strapazierfähiges Material. Unsere Produkte könnten in diesen Märkten genauso erfolgreich sein wie im Bau. Es war ein völlig neues Spielfeld, eines, auf das Hansen Textil nicht vorbereitet war.

Am nächsten Morgen rief ich Markus und Frau Riedel in mein Büro. Mein Onkel war auch da, sein skeptischer Blick wie immer eine Herausforderung.

„Ich habe eine Idee," begann ich und legte eine Rolle des Materials auf den Tisch. „Wir fokussieren uns nicht nur auf den Bau. Wir erweitern unsere Zielgruppe."

Markus runzelte die Stirn. „Erweitern? Wohin genau?"

„Outdoor-Märkte. Camping, Möbel, sogar Textilien für die Automobilindustrie. Dieses Material hat mehr Potenzial, als wir bisher genutzt haben. Wir müssen nur mutig genug sein, es auszureizen."

Mein Onkel schnaubte. „Du weißt, dass wir gerade erst die Produktion stabilisiert haben?"

„Ja das weiß ich," entgegnete ich. „Das ist eine Chance. Hansen Textil rechnet nicht damit, dass wir den Markt komplett neu denken. Sie sind auf Bau fixiert – und genau das wird ihr Fehler sein."

Frau Riedel sah mich nachdenklich an. „Es ist… ungewöhnlich. Aber ich sehe den Ansatz. Es gibt eine wachsende Nachfrage nach innovativen Materialien in diesen Märkten."

Markus nickte langsam. „Die Maschinen können das. Es wird Anpassungen brauchen, aber es ist machbar."

Mein Onkel blieb skeptisch. „Und wie willst du das finanzieren?"

Ich sah ihn an und sagte mit fester Stimme: „Wir setzen auch hier auf Direktverkäufe und einen gezielten Einstieg in diese Märkte. Klein anfangen, testen, und dann skalieren. Wir haben die Maschinen, wir haben das Material. Alles, was wir brauchen, ist der Wille, es zu versuchen."

Die nächsten Tage waren ein Wirbelsturm aus Telefonaten, Meetings und Marktrecherchen. Ich kontaktierte Outdoor-

Hersteller, besuchte lokale Unternehmen und stellte unser Material vor.

Eine Firma, die hochwertige Campingzelte herstellte, zeigte Interesse. „Ihr Material ist viel leichter als das, was wir derzeit nutzen," sagte der Entwicklungsleiter, während er die Probe prüfte. „Aber ist es auch langlebig genug?"

„Testen Sie es," sagte ich. „Ich garantiere Ihnen, dass es hält."

Wir lieferten eine Charge für Prototypen, und wenige Tage später erhielt ich eine Nachricht: „Das Material ist beeindruckend. Lassen Sie uns über eine Zusammenarbeit sprechen."

Später am Tag, die Uhr zeigte fast Mitternacht, war ich immer noch in der Firma. Das Büro war still, abgesehen vom leisen Summen des alten Heizlüfters, der gegen die Kälte kämpfte, die durch die undichten Fenster zog. Mein Blick wanderte über den Schreibtisch, die unzähligen Dokumente, die sich darauf stapelten, und die kleinen Notizen, die ich mir selbst geschrieben hatte. Alles wirkte chaotisch, und doch war es genau dieses Chaos, das mein Leben zusammenhielt.

Ich lehnte mich zurück, schloss die Augen und atmete tief durch. Doch der Atem kam schwer, und in meinem Kopf herrschte keine Ruhe. Stattdessen tauchten die Bilder auf, die ich zu verdrängen versuchte: Hansen Textil mit ihrem glänzenden Stand, Felix Hansen mit seinem herablassenden Lächeln. Clara, wie sie mich anflehte, mir selbst eine Pause zu gönnen. Markus, der mir sagte, dass ich führen müsse, als wüsste ich nicht, wie sehr ich es wollte.

Und dann war da das Bild meines Großvaters. Immer wieder sah ich ihn an diesem Schreibtisch sitzen, in einer Zeit, in der die Firma noch jung war. Seine Hände waren ruhig, seine Augen wachsam. Ich erinnerte mich daran, wie er immer sagte: „Ein Mann wird nicht an seinen Erfolgen gemessen, sondern daran, was er tut, wenn alles gegen ihn steht."

Doch was, wenn ich scheiterte? Was, wenn ich nicht stark genug war? Ich fühlte die Last seiner Worte wie einen Schatten über mir. Es war, als würde jede Entscheidung, die ich traf, von ihm beobachtet werden. Nicht direkt, sondern durch die Erinnerung, die ich von ihm hatte. Und die Frage, die ich mir nicht zu stellen wagte, schwebte unausgesprochen im Raum: Hatte er, hatten alle sich in mir getäuscht?

Ich öffnete die Augen, der Raum fühlte sich kleiner an, als hätte er mich eingeschlossen. Mein Blick fiel auf ein altes Buch, das ich als Kind geliebt hatte, ein medizinisches Handbuch, das mein Vater mir einmal geschenkt hatte. „Du wirst ein großartiger Arzt," hatte er damals gesagt. Doch das Buch war längst nur noch eine Erinnerung an einen Traum, der nie wahr geworden war.

Warum hatte ich diesen Traum aufgegeben? Warum war ich hier, in diesem Büro, und nicht in einem Krankenhaus, wo ich Menschen helfen könnte, anstatt Maschinen und Zahlen zu retten? Ich griff nach dem Buch, blätterte es auf, ließ meine Finger über die vergilbten Seiten gleiten. Es fühlte sich an wie ein Relikt aus einem anderen Leben, einem Leben, das ich aus Pflichtbewusstsein aufgegeben hatte.

Ich schlug das Buch zu, legte es zurück auf den Stapel und sah aus dem Fenster. Die Stadt lag still da, beleuchtet von den schwachen Lichtern der Straßenlaternen. Irgendwo dort draußen war Clara. Wahrscheinlich schlief sie. Oder vielleicht dachte sie an mich und fragte sich, warum ich nicht einfach aufgeben konnte.

„Warum kann ich nicht?" murmelte ich leise und ließ meinen Kopf in die Hände sinken. Doch die Antwort kam nicht.

Insgesamt musste man ehrlich sagen, lief es nun nach dem neuen Auftrag gut. Dennoch war es umso wichtiger, das gesamte Team einzubeziehen. Ich rief daher am nächsten Morgen alle Mitarbeiter in die Produktionshalle, die mittlerweile mehr wie ein Zentrum des Wandels wirkte als wie das Museum das ich übernommen hatte.

„Ich weiß, dass die letzten Monate schwierig waren," begann ich und sah in die Gesichter der Menschen, die mit mir durch die Krise gegangen waren. „Aber wir stehen an einem Wendepunkt. Wir haben etwas, das niemand sonst hat: die Fähigkeit, neu zu denken."

Ich hielt eine Rolle des Materials hoch. „Das hier ist nicht nur für Dächer oder Bauwerke. Es ist für Campingausrüstung, für Möbel, für alles, was leicht, wasserabweisend und langlebig sein muss. Wir erobern Märkte, die wir bisher nicht einmal berührt haben."

Ein Raunen ging durch die Belegschaft. Herr Gärtner, der sonst so zurückhaltend war, meldete sich zu Wort. „Und was, wenn das nicht klappt?"

„Dann finden wir einen anderen Weg," sagte ich mit Nachdruck. „Aber eines verspreche ich euch: Wir geben nicht auf. Wir haben es schon einmal geschafft, und wir schaffen es wieder."

Die Skepsis blieb, aber ich sah auch Neugier und einen Funken von Hoffnung.

Die Zusammenarbeit mit der Campingfirma war unser erster Erfolg in einem neuen Markt. Die Bestellung war klein, aber sie öffnete Türen zu weiteren Gesprächen. Ich kontaktierte Hersteller von Outdoor-Möbeln und Automobilzulieferer – überall, wo ich eine Chance sah, unser Material zu platzieren.

Doch Hansen Textil blieb aggressiv. Sie hatten Wind von unserer Strategie bekommen und begannen, sich ebenfalls in neue Märkte zu bewegen.

„Sie versuchen, uns zu folgen," sagte Frau Riedel in einem unserer Meetings. „Aber sie haben nicht die gleiche Flexibilität wie wir. Sie sind zu groß, zu langsam."

„Dann müssen wir schneller sein," sagte ich.

Während all dem war Clara immer da. Unsere Gespräche wurden persönlicher, unsere Treffen intensiver. Sie hatte eine Art, mich an das Leben außerhalb der Firma zu erinnern, und ich begann, mehr Zeit mit ihr zu verbringen – auch wenn es bedeutete, andere Verpflichtungen zurückzustellen.

„Du bist anders, wenn du mit mir bist," sagte sie eines Abends, als wir zusammen kochten.

„Wie anders?"

„Entspannter. Menschlicher."

Ich lachte leise. „Vielleicht, weil du mich daran erinnerst, dass es mehr gibt als Zahlen und Maschinen."

„Dann tu das öfter," sagte sie und sah mich ernst an. „Lass mich nicht ständig um dich kämpfen."

Ein Treffen mit einem großen Automobilzulieferer brachte schließlich die Wende. Sie waren skeptisch, doch als ich ihnen das Material vorführte und erklärte, wie es ihre Produktion verbessern könnte, änderte sich der Ton.

„Wir könnten Ihnen eine Testserie abnehmen," sagte der Leiter der Materialentwicklung. „Wenn das funktioniert, reden wir über größere Mengen."

Es war der größte potentielle Auftrag, den wir seit Jahren in Aussicht hatten – und ich wusste, dass er das Potenzial hatte, die Avinger Werke zu retten.

Später stand die Sonne tief über der Stadt, und durch die großen Fenster in Claras Wohnzimmer fiel warmes Licht. Ich saß auf ihrem Sofa, den Kopf an die Lehne gelehnt, während sie in der kleinen Küche Wein einschenkte. Es war einer der seltenen Momente, in denen ich alles um mich herum vergessen konnte – die Firma, Hansen Textil, den Druck.

Clara war anders als alles, was ich kannte. Ihre Wohnung war gemütlich, gefüllt mit Erinnerungsstücken von Reisen, von Menschen, die sie getroffen hatte. Es war ein Ort, der Geschichten erzählte, im Gegensatz zu meinem sterilen Büro und meinem leeren Apartment.

„Du bist heute still," sagte sie, als sie mir das Glas reichte.

„Ich genieße einfach den Moment," sagte ich ehrlich.

„Das solltest du öfter tun," antwortete sie mit einem kleinen Lächeln. „Ich habe das Gefühl, dass du dich selbst in deiner Arbeit verlierst."

„Vielleicht," murmelte ich und nahm einen Schluck.

Sie setzte sich neben mich, legte ihre Beine auf das Sofa und sah mich mit diesem Blick an, der mehr fragte, als Worte es je könnten. „Hast du eigentlich jemals daran gedacht, was du wirklich willst? Abseits von der Firma?"

Ich zögerte. Es war eine Frage, die ich mir selbst nicht mehr stellte. „Früher wollte ich Medizin studieren," sagte ich schließlich.

„Medizin?"

„Ja. Ich wollte Arzt werden. Helfen. Etwas Sinnvolles tun."

„Und was ist passiert?"

„Mein Großvater ist gestorben. Jemand musste die Firma übernehmen. Und meine Familie hat mich gebraucht."

Sie nickte, als würde sie etwas verstehen, was ich selbst noch nicht ganz begriffen hatte. „Das erklärt einiges."

Mein Handy vibrierte auf dem Tisch, die leuchtende Anzeige zerschmetterte die Ruhe des Moments. Ich griff danach, entschuldigte mich bei Clara und nahm den Anruf entgegen. Es war Frau Riedel. Ihre Stimme war hektisch, ihre Worte überschlugen sich.

„Wir haben ein Problem," sagte sie.

„Was für ein Problem?"

„Ein Großkunde hat abgesagt. Ein Millionenauftrag. Und es gibt Gerüchte, dass Hansen dahintersteckt.“

Ich sprang auf. „Wie schlimm ist es?“

„Wenn wir den Ausfall nicht innerhalb von Stunden kompensieren, brechen wir zusammen. Die Bank könnte die Kredite sperren.“

Ich rieb mir die Stirn, spürte, wie der Schweiß in meinem Nacken klebte. „Ich bin unterwegs.“

Ich drehte mich zu Clara um, die mich mit großen Augen ansah. Sie wusste, was los war, ohne dass ich ein Wort sagen musste.

„Geh und rette deine Avinger Werke,“ sagte sie ruhig, aber bestimmt.

Ich wollte etwas sagen, sie beruhigen, ihr danken – aber ich hatte keine Zeit. Ich griff nach meiner Jacke und eilte hinaus.

Die Fahrt zum Werk war ein Alptraum. Mein Kopf war ein einziges Chaos, Gedanken rasten, während ich versuchte, einen Plan zu schmieden. Als ich ankam, war die Produktionshalle in Aufruhr. Markus und Frau Riedel warteten bereits in meinem Büro, ihre Gesichter spiegelten die Krise wider.

„Was haben wir?“ fragte ich knapp.

„Der Kunde hat sich auf Hansen eingelassen,“ begann Frau Riedel. „Und ohne diese Zahlung können wir die nächste Kreditrate nicht bedienen.“

Markus warf einen Bericht auf den Tisch. „Die Produktion läuft weiter, aber wenn wir die Maschinen abschalten müssen, war's das.“

Ich zog das Blatt zu mir, studierte die Zahlen und spürte, wie das Adrenalin in meinen Adern pumpte. „Wir brauchen einen neuen Kunden. Sofort.“

„Das ist unmöglich,“ sagte Markus.

„Nichts ist unmöglich,“ entgegnete ich.

Es war ein riskanter Plan, aber es war der einzige, der mir einfiel. Ich griff zum Telefon, wählte die Nummer des Kontaktes von gestern – dem Entwicklungsleiter eines großen Automobilherstellers, der ja noch gezögert hatte.

„Wir müssen reden," sagte ich, als er abnahm.

„Jetzt?" fragte er, hörbar irritiert.

„Ja. Ich habe ein Angebot, das Sie nicht ablehnen können."

Innerhalb einer Stunde saß ich in seinem Büro. Ich legte Proben des Materials vor ihm aus, erklärte die Vorteile, die Flexibilität, die Kosteneffizienz. Ich sprach schnell, überzeugend, ohne Luft zu holen, machte deutlich, dass ich dieses Angebot nur noch jetzt machen konnte oder es für uns beide vorbei wäre.

„Das ist eine sehr kurzfristige Entscheidung," sagte er schließlich. „Aber wenn Sie liefern können, nehme ich den Auftrag."

„Sie haben mein Wort," antwortete ich, obwohl ich wusste, dass es ein Versprechen war, das ich erst noch halten musste.

Als ich ins Werk zurückkehrte, war es fast Mitternacht. Doch die Nachricht, die ich mitbrachte, änderte alles. Der Automobilhersteller hatte zugestimmt – und der Auftrag war mehr wert als alles, was wir bisher verloren hatten.

„Das hast du wirklich geschafft?" fragte Markus ungläubig.

„Ja," sagte ich. „Und jetzt machen wir weiter."

Die Wochen nach dem Deal fühlten sich an wie ein Rausch. Die Produktion lief auf Hochtouren, die Umsätze stiegen, und die Avinger Werke wurden wieder zum Leben erweckt.

Clara blieb die Konstante in meinem Leben, auch wenn ich oft zu beschäftigt gewesen war, um es wirklich zu schätzen. Jetzt wo etwas Ruhe eingekehrt war, nahm ich mir wieder mehr Zeit für Sie.

Die Kerzen flackerten sanft, und der Tisch, an dem wir saßen, war mit makellosem weißen Leinen gedeckt. Clara hatte das Restaurant ausgewählt. „Du wirst es lieben," hatte sie gesagt, und wie immer hatte sie recht. Es war luxuriös, aber nicht aufdringlich, mit einem leichten Hauch von Eleganz, der Clara perfekt widerspiegelte.

„Hast du dir schon etwas ausgesucht?" fragte sie und ließ ihre Augen über die Speisekarte wandern. Die Art, wie sie die Karten hielt, ihre Finger leicht über das dicke Papier streichen ließ, hatte etwas Faszinierendes. Es war wie alles an ihr – mühelos und doch voller Präzision.

„Noch nicht," antwortete ich, auch wenn ich die Speisekarte längst durchgesehen hatte. Mein Kopf war woanders, wie so oft in letzter Zeit.

„Du bist gedanklich wieder in der Firma, oder?" fragte sie, ohne aufzusehen. Ihre Stimme klang nicht vorwurfsvoll, eher amüsiert, als sei es ein liebenswerter Tick von mir.

„Vielleicht," gab ich zu und legte die Karte beiseite. „Es gibt gerade viel zu tun."

„Es gibt immer viel zu tun," erwiderte sie. Ihre Augen trafen meine, und sie lächelte. „Dafür hast du das alles doch aufgebaut, oder? Damit wir uns solche Abende leisten können."

Ich lachte leise. „Ich glaube nicht, dass das der Plan war."

„Vielleicht nicht. Aber es ist doch schön, wenn man sich solche Dinge gönnen kann, oder?" Sie lehnte sich zurück und ließ ihren Blick durch den Raum gleiten. „Ich meine, sieh dir diesen Ort an. Denkst du manchmal darüber nach, wie weit du es gebracht hast?"

Ihre Worte trafen mich unerwartet, wie ein sanfter Schlag in die Brust. Ich dachte nicht oft darüber nach. Vielleicht, weil ich wusste, dass alles, was ich erreicht hatte, immer nur eine Verlängerung dessen war, was mein Großvater aufgebaut hatte.

„Ich weiß nicht," antwortete ich schließlich. „Es fühlt sich nie so an, als hätte ich es weit gebracht. Es fühlt sich eher an, als müsste ich ständig beweisen, dass ich es verdiene."

„Das tust du aber nicht." Clara beugte sich vor, ihre Augen leuchteten. „Du bist einer der klügsten Menschen, die ich kenne. Und einer der liebevollsten. Du bist wie eine dieser Figuren in den Büchern, die ich als Teenager gelesen habe. Stark, erfolgreich, ein bisschen kompliziert – aber letztlich immer der Held."

Ich wusste nicht, ob ich lachen oder den Kopf schütteln sollte. „Das klingt zu schön, um wahr zu sein."

„Vielleicht," sagte sie und nahm einen Schluck von ihrem Wein. „Aber manchmal ist das Leben doch genau das: zu schön, um wahr zu sein. Zumindest, wenn man es richtig macht."

Ich sah sie an, ihre Eleganz, ihre Wärme, und für einen Moment fragte ich mich, wie sie das alles so leicht machte. Clara lebte in einer Welt voller Möglichkeiten, in der die Menschen sich Dinge gönnten, sich auf Reisen begaben, ihr Leben wie eine endlose Abenteuergeschichte behandelten. Eine Welt, die ich bewunderte, aber nie ganz verstand.

„Wohin würdest du reisen, wenn du könntest?" fragte sie plötzlich, als hätte sie meine Gedanken gelesen.

„Keine Ahnung," sagte ich ehrlich. „Ich habe nie darüber nachgedacht."

„Das solltest du," sagte sie, ein Hauch von neckendem Ernst in ihrer Stimme. „Es gibt so viele Orte, die man sehen muss, bevor man stirbt. Die Welt ist zu groß, um nur in Büros zu sitzen."

Ich lächelte. „Ich glaube, dafür bin ich zu langweilig."

„Du bist alles andere als langweilig," erwiderte sie. „Aber vielleicht musst du dich daran erinnern, dass es nicht nur um Arbeit geht. Vielleicht solltest du dir erlauben, ein bisschen zu leben."

Der Kellner kam, und das Gespräch brach ab. Doch ihre Worte blieben. Sie fühlten sich an wie ein sanftes Echo, das in mir widerhallte, lange nachdem die Kerzen auf unserem Tisch ausgebrannt waren.

Die Nachricht kam an einem verregneten Montagmorgen. Hansen Textil, der übermächtige Konkurrent, dessen aggressive Preisstrategie uns fast ruiniert hätte, begann selbst ins Straucheln zu geraten.

„Es sind erste Gerüchte," sagte Frau Riedel, als sie mit einer ausgedruckten Nachricht in mein Büro kam. „Anscheinend haben sie ihre eigenen Dumpingpreise nicht mehr stemmen können. Es gibt Liquiditätsprobleme."

Ich lehnte mich in meinem Stuhl zurück und spürte zum ersten Mal seit Monaten eine kleine Welle der Genugtuung. „Und was bedeutet das für uns?"

„Kunden, die abgesprungen sind, könnten zurückkommen," sagte sie. „Es gibt viele Unternehmen, die jetzt misstrauisch gegenüber Hansen werden. Sie brauchen eine Alternative."

„Dann machen wir es ihnen leicht," sagte ich.

Die nächsten Wochen fühlten sich an wie ein Wendepunkt. Anrufe von Kunden, die uns zuvor verlassen hatten, wurden zur täglichen Routine.

„Wir haben uns geirrt," sagte ein Bauunternehmer, der vor Monaten zu Hansen gewechselt war. „Ihre Qualität war immer besser. Können Sie uns wieder in Ihre Produktionskapazität aufnehmen?"

Markus, der in der Produktionshalle fast ein zweites Zuhause gefunden hatte, war ausgelaugt, aber optimistisch. „Die Maschinen laufen auf Anschlag. Wir müssen jetzt sicherstellen, dass wir die Qualität halten können."

„Das schaffen wir," sagte ich. „Wir haben es bis hierhin geschafft. Jetzt gibt es kein Zurück mehr."

Zwischen den geschäftlichen Triumphen entwickelte sich auch meine Beziehung zu Clara immer weiter. Eines Nachmittags, saßen wir in einem kleinen Café, ihrem Lieblingsort, der mit Kunstwerken lokaler Künstler dekoriert war.

„Du siehst aus, als hättest du etwas auf dem Herzen," sagte ich, als sie schweigend ihren Kaffee umrührte.

„Ich frage mich… sind wir jetzt wirklich zusammen?"

Die Frage traf mich unvorbereitet. „Natürlich sind wir zusammen," sagte ich.

„Manchmal fühlt es sich nicht so an," sagte sie. „Manchmal bist du so in deiner Arbeit, dass ich mich frage, ob ich nur eine Nebensache bin."

„Das bist du nicht," sagte ich schnell. „Du bist… wichtig. Sehr wichtig."

Sie lächelte leicht, aber ich konnte sehen, dass sie nicht vollständig überzeugt war. „Ich glaube dir. Aber ich brauche manchmal mehr. Nicht nur Nachrichten oder spontane Treffen. Ich brauche einen Platz in deinem Leben."

„Du hast einen Platz in meinem Leben."

„Hast du das Gefühl, dass wir etwas sind, das Bestand hat?"

Ich zögerte. „Ja. Ich will, dass wir das sind."

Sie sah mich lange an, dann nickte sie langsam. „Dann lass es uns so machen."

Ein paar Tage später sprach Clara erneut ein Thema an, das mich überraschte. Wir saßen in ihrer Wohnung, sie blätterte durch alte Fotos von Reisen, die sie gemacht hatte.

„Ich möchte deine Familie kennenlernen," sagte sie plötzlich.

Ich hielt inne. „Meine Familie?"

„Ja. Ich habe das Gefühl, dass sie ein großer Teil von dem
sind, was dich ausmacht. Und wenn wir ernsthaft zusammen
sind, will ich sie auch kennen."

Ich war unsicher, wie ich darauf reagieren sollte. Meine Familie war kompliziert, besonders meine Mutter und mein Onkel, die immer kritisch waren. Sie waren die letzten, die Clara
das Gefühl geben würden, willkommen zu sein.

„Ich weiß nicht, ob das eine gute Idee ist," sagte ich schließlich.

„Warum nicht?" fragte sie.

„Sie sind… kompliziert."

„Dann möchte ich sie umso mehr kennenlernen," sagte sie
mit einem entschlossenen Lächeln.

Während Clara sich mehr in mein Leben drängte, begann
ich, mehr über ihres zu erfahren. Sie sprach oft über ihre Arbeit
als Grafikdesignerin, ihre Leidenschaft für Kunst und ihre
Träume, die Welt zu bereisen.

„Ich will irgendwann alles loslassen können," sagte sie eines
Abends, während wir am Küchentisch saßen. „Ich möchte nicht
bis zur Rente arbeiten. Ich will reisen, die Welt sehen, mich inspirieren lassen."

„Das klingt… schön," sagte ich, obwohl ich wusste, dass es
Welten von meiner Realität entfernt war.

„Und du?" fragte sie. „Was ist dein Traum?"

Ich zögerte. „Mein Traum war einmal, Arzt zu werden. Aber
jetzt? Jetzt ist es die Firma. Sie bedeutet alles."

„Alles?" fragte sie mit einem skeptischen Blick.

„Ja. Alles."

„Und was ist mit dir? Mit deinem Leben? Glaubst du nicht,
dass es mehr geben könnte?"

Ihre Worte waren schwer zu beantworten, und ich wusste, dass wir an einem Punkt waren, an dem unsere Unterschiede sichtbarer wurden.

Einige Wochen später wurde die Insolvenz von Hansen Textil offiziell bekannt gegeben. Die Nachricht verbreitete sich wie ein Lauffeuer, und die Auswirkungen waren enorm. Kunden, die zuvor gezögert hatten, strömten zu uns zurück.

„Das ist es," sagte Frau Riedel, während wir die neuesten Verkaufszahlen durchgingen. „Das ist der Durchbruch."

Markus nickte. „Wir haben es geschafft. Wir sind jetzt die Nummer eins in diesem Markt."

Ich stand am Fenster meines Büros, blickte auf die Stadt und spürte eine Mischung aus Triumph und Erschöpfung. Es war das, wofür ich gekämpft hatte – der Moment, in dem die Avinger Werke wieder an der Spitze standen.

Auch Clara war nun sehr oft bei mir, wurde ein fester Bestandteil meines Lebens. Doch ihre Ambitionen, ihr Wunsch nach Reisen und Freiheit, standen im Kontrast zu meinem festen Fokus auf Arbeit und Erfolg.

„Ich habe ein neues Projekt in Aussicht," sagte sie eines Abends. „Es ist für eine Marke, die weltweit expandiert. Und sie wollen, dass ich für ein paar Monate nach Barcelona gehe."

Ich hielt inne. „Barcelona?"

„Ja. Es ist eine großartige Chance."

Ich nickte, aber in mir brodelte es. Es war ein weiterer Hinweis darauf, dass unsere Lebensvorstellungen sich kaum deckten. Doch wir beide ignorierten es – wohl aus Angst, das fragile Gleichgewicht zu stören.

Der Triumph der Avinger Werke nach dem Fall von Hansen Textil brachte eine Welle neuer Möglichkeiten. Kunden kehrten zurück, die Produktion lief auf Hochtouren, und das Werk wurde zum Sinnbild einer erfolgreichen Wiederauferstehung. Doch mit dem Erfolg kamen auch neue Herausforderungen – nicht nur wirtschaftlicher, sondern auch räumlicher Natur.

„Wir haben keinen Platz mehr," sagte Markus eines Morgens, während wir in der Produktionshalle standen. Zwischen den Maschinen stapelten sich Kartons, und jeder Quadratmeter war belegt.

„Wir brauchen ein Lager," sagte ich.

Markus nickte. „Aber wir brauchen mehr als das. Die Stadt verändert sich, und wenn wir nicht mit ihr wachsen, fallen wir zurück."

Die Idee, eine Lösung zu schaffen, die über unser eigenes Problem hinausging, keimte langsam. Ich dachte an das alte Industriegelände am Stadtrand – die Hohenzoll-Brache, ein Relikt aus vergangenen Tagen. Es war ein Ort, den jeder kannte, doch niemand wagte, ihn anzufassen.

„Das könnte es sein," murmelte ich.

S I E B E N

Ich fuhr zur Hohenzoll-Brache, parkte mein Auto auf dem rissigen Asphalt und stieg aus. Die verfallenen Gebäude wirkten wie ein Mahnmal für alles, was falsch gelaufen war – eine Erinnerung daran, wie schnell Erfolg in Vergessenheit geraten konnte.

Doch ich sah etwas ganz anderes als Ruinen. Ich sah eine Möglichkeit, eine unvorstellbare Möglichkeit.

In meinem Kopf nahmen die leeren Hallen, mit Ihrem Charm aus rotem Klinker und angelaufenem Stahl, neue Formen an: moderne Lagerhallen, Büroräume, vielleicht sogar Platz für kleine Betriebe und Start-ups, die die Stadt dringend brauchte. Es war nicht nur eine Lösung für unser eigenes Platzproblem, sondern auch eine Chance, die Region wiederzubeleben.

Zurück im Werk rief ich Frau Riedel und Markus zusammen. „Ich habe einen Plan," begann ich. „Die Hohenzoll-Brache. Wir kaufen das Gelände und machen etwas Neues daraus – ein Gewerbezentrum, das Platz für uns und andere schafft."

Frau Riedel runzelte die Stirn. „Das klingt… groß."

„Es ist groß," sagte ich. „Aber es ist auch nötig. Die Stadt braucht einen Impuls, und wir können ihn setzen."

„Und wie willst du das finanzieren?" fragte Markus skeptisch.

„Ich werde mit der Bank sprechen. Und wir suchen Partner, Investoren, die an die Idee glauben.“

Frau Riedel schüttelte den Kopf. „Das wird die Stadt nicht so einfach durchgehen lassen. Sie hängen noch immer an ihrem Einzelhandelskonzept.“

„Dann überzeugen wir sie,“ sagte ich.

An diesem Abend erzählte ich Clara von meiner Idee. Wir saßen in ihrem Wohnzimmer, und sie hörte mir aufmerksam zu, während ich von der Brache und meinen Plänen sprach.

„Das klingt ehrgeizig,“ sagte sie schließlich.

„Das ist es,“ gab ich zu.

Sie lehnte sich zurück und lächelte. „Ich mag es, wie du denkst. Aber ich frage mich… hast du jemals überlegt, wie du leben willst, wenn du das alles aufgebaut hast?“

Ich sah sie an. „Was meinst du?“

„Du bist immer so auf die Zukunft fokussiert. Aber was passiert, wenn du dein Ziel erreichst?“

Ich hatte keine Antwort darauf.

„Weißt du,“ sagte sie nach einer Pause, „ich würde gern mal die Stadt sehen, in der du aufgewachsen bist. Deine Familie kennenlernen.“

„Warum?“ fragte ich, obwohl ich die Antwort kannte.

„Weil sie ein Teil von dir sind. Und wenn ich dich verstehen will, muss ich sie verstehen.“

Die Verhandlungen um die Hohenzoll-Brache wurden schnell zu einer Herausforderung. Das Gelände gehörte einer Immobiliengesellschaft, die kein Interesse daran hatte, es aktiv zu nutzen, und die Stadt war skeptisch gegenüber neuen Entwicklungen außerhalb der Fußgängerzone.

„Das Einzelhandelskonzept erlaubt keine neuen Gewerbeflächen,“ sagte der Leiter des Bauamts bei unserem ersten Treffen.

„Das Konzept funktioniert nicht," erwiderte ich ruhig. „Die Leerstandsquote in der Fußgängerzone liegt bei 40 Prozent. Die Stadt braucht einen neuen Impuls."

„Und Sie glauben, dass ein Gewerbezentrum auf der Brache die Lösung ist?"

„Ja," sagte ich. „Es schafft Arbeitsplätze, zieht Unternehmen an und gibt der Region eine Perspektive."

Ein paar Tage später fuhr ich mit Clara zu meiner Mutter. Sie war neugierig, doch ich wusste, dass meine Familie nicht einfach war. Meine Mutter war distanziert, mein Onkel kritisch – und beide waren immer skeptisch gegenüber neuen Menschen in meinem Leben.

„Das ist Clara," stellte ich sie vor, als wir ins Wohnzimmer traten.

Meine Mutter musterte sie. „Schön, dich kennenzulernen. Was machst du beruflich?"

„Ich bin Grafikdesignerin," antwortete Clara freundlich.

„Interessant," sagte meine Mutter mit einem knappen Lächeln.

Mein Onkel war direkter. „Und was bringt dich zu ihm?"

Clara sah ihn ruhig an. „Ich mag ihn. Sehr. Und ich denke, wir ergänzen uns."

Das Abendessen war angespannt, doch Clara hielt sich wacker. Auf dem Rückweg lächelte sie schwach. „Das war… eine Erfahrung."

„Das ist meine Familie," sagte ich.

„Ich mag sie. Aber sie sind anstrengend und… und vor deiner Mutter habe ich irgendwie Angst"

In den Wochen danach wuchs unsere Beziehung weiter, doch die Unterschiede zwischen uns wurden immer offensichtlicher. Clara sprach oft von Reisen, von einem Leben voller

Freiheit und Abenteuer, während ich immer tiefer in die Welt der Avinger Werke und der neuen Projekte eintauchte.

„Du lebst, um zu arbeiten," sagte sie eines Abends.

„Und du arbeitest, um zu leben," entgegnete ich.

„Vielleicht," sagte sie. „Aber ich frage mich, wie lange wir das so machen können."

Die Avinger Werke liefen unterdessen wie ein Uhrwerk. Nach dem Fall von Hansen Textil hatten wir uns als Marktführer etabliert. Unsere Maschinen produzierten zuverlässig, die Kunden kehrten zurück, und die Umsätze wuchsen stetig. Markus und Frau Riedel führten das operative Geschäft fast eigenständig, während ich den Kopf frei hatte, um mich auf das nächste große Projekt zu konzentrieren: die Hohenzoll-Brache.

Doch mit dem Erfolg kam auch Aufmerksamkeit – die Art von Aufmerksamkeit, die ich nicht gewohnt war.

Ein Artikel in einer regionalen Wirtschaftszeitung brachte den Stein ins Rollen. Die Überschrift lautete: *„Avinger Werke: Ein Traditionsunternehmen auf Erfolgskurs"*. Der Artikel hob nicht nur die Rettung des Unternehmens hervor, sondern auch die Rolle, die ich dabei gespielt hatte.

Kurz darauf folgte ein Interview mit einer größeren Zeitung.

„Herr Avinger," begann der Reporter, ein Mann mit scharfen Augen und einem Notizbuch, das er kaum aus der Hand legte, „wie fühlt es sich an, ein Unternehmen in einer solchen Krise übernommen und es zu einem Marktführer gemacht zu haben?"

Ich lehnte mich zurück und wählte meine Worte sorgfältig. „Es war ein Team-Erfolg. Ohne die Unterstützung meiner Mitarbeiter und meiner Familie wäre das nicht möglich gewesen."

„Aber es war Ihre Strategie, Ihre Vision, die das möglich gemacht hat," hakte er nach.

„Vision ist wichtig, ja," sagte ich. „Aber Vision ohne die richtige Umsetzung ist nur ein Traum."

Das Interview ging tiefer, als ich erwartet hatte. Es kamen Fragen zu meiner Familie, zur Tradition des Unternehmens und zu meiner Zukunft.

„Und wohin führt die Reise jetzt?" fragte er.

„Wir denken größer," antwortete ich. „Es gibt neue Projekte, neue Ideen. Die Avinger Werke sind nur der Anfang."

Während die Aufmerksamkeit für die Avinger Werke wuchs, kämpfte Clara mit ihrer eigenen Entscheidung. Die Möglichkeit, nach Barcelona zu gehen, stand immer noch im Raum. Doch ich spürte, dass etwas in ihr arbeitete.

Eines Abends saßen wir auf ihrer Couch, der Fernseher lief leise im Hintergrund, und sie drehte ein Glas Wein in ihren Händen.

„Ich habe mich entschieden," sagte sie plötzlich.

Ich sah sie an. „Für was?"

„Ich bleibe hier," sagte sie. „Ich habe die Stelle in Barcelona abgesagt."

„Was? Warum?"

„Weil ich dich liebe," sagte sie schlicht. „Ich habe lange darüber nachgedacht. Barcelona ist ein Traum, ja. Aber du bist real. Und manchmal muss man für die Liebe Prioritäten setzen."

Ich war sprachlos.

„Ich erwarte nicht, dass du verstehst, wie schwer das war," fuhr sie fort. „Aber ich weiß, dass ich das Richtige tue."

Ich legte meine Hand auf ihre. „Danke," sagte ich leise. „Das bedeutet mehr, als ich sagen kann."

Das Projekt auf der Hohenzoll-Brache wurde zur neuen Obsession. Ich war fasziniert von der Idee, ein zweites Standbein zu schaffen, etwas, das über die Avinger Werke hinausging. Doch die Widerstände waren enorm.

Die Stadt hielt weiterhin an ihrem überholten Einzelhandelskonzept fest.

„Wir können nicht einfach unser Konzept über Bord werfen," sagte der Leiter des Bauamts in einem Meeting. „Das würde die Struktur der Stadt gefährden."

„Mit allem Respekt," erwiderte ich, „die Struktur der Stadt ist bereits gefährdet. Die Leerstände in der Fußgängerzone sprechen eine deutliche Sprache. Dieses Projekt ist eine Chance, Arbeitsplätze zu schaffen und die Region wieder attraktiv zu machen."

„Das klingt gut auf dem Papier," sagte ein anderer Teilnehmer, „aber wie wollen Sie sicherstellen, dass es funktioniert?"

Ich zückte eine Präsentation, die ich vorbereitet hatte, und zeigte ihnen Zahlen, Prognosen und die geplanten Partnerschaften. „Wir haben bereits Zusagen von mehreren Unternehmen, die Mieter werden wollen. Dieses Projekt wird funktionieren, weil es realistisch ist."

Trotzdem blieb die Skepsis.

A C H T

Ich wusste, dass ich Hilfe brauchte, um die Stadt zu überzeugen. Also wandte ich mich an meine Schwester. Sie hatte ein Talent dafür, Brücken zu bauen, wo ich oft nur Mauern sah.

„Du willst, dass ich dir helfe, Politiker zu überzeugen?" fragte sie, als wir in einem kleinen Café saßen.

„Nicht nur Politiker," sagte ich. „Die ganze Stadt. Du weißt, wie man mit Menschen spricht. Und das brauche ich."

Sie lächelte schwach. „Das ist das erste Mal, dass du mich um Hilfe bittest."

„Weil ich weiß, dass ich sie brauche."

„In Ordnung," sagte sie schließlich. „Aber nur, weil ich will, dass du endlich erkennst, dass du nicht alles allein machen musst."

Die Hohenzoll-Brache blieb für die meisten ein Symbol des Niedergangs, doch ich sah etwas anderes. Es war mehr als nur ein Gelände – es war ein Schlüssel. Ein Schlüssel, um die Stadt und die Region wiederzubeleben. Doch wie, das wurde mir erst nach und nach klar.

Nach Wochen intensiver Gespräche mit Markus, Frau Riedel und meiner Schwester begann ich, das Problem der Stadt in seiner ganzen Tiefe zu verstehen. Die Fußgängerzone, das Herz des Einzelhandels, hatte keine Frequenz mehr. Menschen kamen nicht, weil es keinen Grund gab, zu bleiben.

Ich zog alte Berichte und neue Studien heran, sprach mit Ladenbesitzern und potenziellen Mietern. Überall hörte ich dasselbe: „Ohne Kunden funktioniert das nicht. Und ohne etwas, das die Kunden anzieht, wird sich das nicht ändern."

Eines Nachts saß ich in meinem Büro, die Berichte vor mir, als mir eine Idee kam – eine Idee, die so einfach war, dass ich mich fragte, warum niemand zuvor daran gedacht hatte.

Arztpraxen.

Die Stadt hatte keine Frequenz, aber sie hatte eine alternde Bevölkerung. Arztpraxen, besonders Fachärzte, könnten genau das sein, was die Stadt brauchte. Patienten würden kommen – aus der Stadt und den umliegenden Regionen. Und mit ihnen würde Frequenz entstehen, die auch den Einzelhandel wiederbeleben könnte.

Am nächsten Morgen rief ich meine Schwester an.

„Hast du kurz Zeit?" fragte ich.

„Klingt, als hättest du eine Idee," sagte sie.

„Nicht nur eine Idee – eine Lösung," antwortete ich.

Wir trafen uns in einem kleinen Café, und ich legte ihr meine Gedanken dar.

„Die Stadt hat ein Frequenzproblem. Kein Konzept wird den Einzelhandel retten, wenn keine Menschen da sind. Aber wir können etwas schaffen, das die Frequenz bringt: ein Zentrum für Arztpraxen."

„Arztpraxen?" fragte sie skeptisch.

„Ja. Allgemeinärzte, Fachärzte, vielleicht sogar ein kleines medizinisches Versorgungszentrum. Die Menschen werden kommen, weil sie die Ärzte brauchen. Und wenn sie erst einmal da sind, werden sie auch die anderen Angebote nutzen – Geschäfte, Cafés, Dienstleistungen."

Sie lehnte sich zurück und betrachtete mich mit einer Mischung aus Staunen und Zweifel. „Das ist… klug. Aber wie willst du die Stadt davon überzeugen?"

„Mit Zahlen," sagte ich. „Und mit einem klaren Plan."

Die Stadt war, wie erwartet, skeptisch. In einem ersten Meeting im Rathaus traf ich auf den Leiter des Bauamts, den Bürgermeister und einige andere Stadtvertreter.

„Wir verstehen Ihren Enthusiasmus," begann der Bauamtsleiter, „aber das Einzelhandelskonzept der Stadt hat klare Regeln. Gewerbe außerhalb der Fußgängerzone ist nicht vorgesehen."

„Und wie funktioniert dieses Konzept für Sie?" fragte ich, ohne zu zögern.

„Entschuldigung?"

„Die Leerstände in der Fußgängerzone liegen bei 40 Prozent. Die Frequenz ist eingebrochen. Die Menschen haben keinen Grund, in die Stadt zu kommen."

Der Bürgermeister seufzte. „Das ist ein Problem, das wir seit Jahren diskutieren. Aber wir können die Regeln nicht einfach ändern."

„Sie müssen nicht die Regeln ändern," sagte ich. „Sie müssen sie ergänzen. Dieses Zentrum wird keine Konkurrenz zur Fußgängerzone sein – es wird ihre Rettung sein."

Ich legte meine Pläne dar: Arztpraxen als Hauptmieter, ein kleines Café, vielleicht ein Blumenladen oder eine Apotheke. Ich zeigte, wie die Frequenz der Patienten den Einzelhandel anziehen würde.

„Menschen kommen, weil sie die Ärzte brauchen. Und wenn sie einmal da sind, kaufen sie ein, trinken einen Kaffee, erledigen Besorgungen. Es ist ein Kreislauf."

Während ich die Stadt von meiner Idee zu überzeugen versuchte, blieb Clara eine wichtige Stütze. Doch unsere Beziehung begann sich zu verändern.

Eines Abends saßen wir bei mir zu Hause, und sie stellte eine Frage, die mich unvorbereitet traf.

„Was passiert, wenn das nicht funktioniert?"

„Es wird funktionieren," sagte ich überzeugt.

„Aber was, wenn nicht?"

Ich sah sie an. „Ich weiß es nicht. Aber ich weiß, dass ich alles tun werde, um es zum Laufen zu bringen."

Sie nickte, doch in ihren Augen lag eine Sorge, die sie nicht aussprach.

„Ich will, dass wir glücklich sind," sagte sie schließlich. „Ich habe mich entschieden, hier zu bleiben, weil ich dich liebe. Aber ich hoffe, dass du eines Tages erkennst, dass es im Leben mehr gibt als Arbeit."

Während die Verhandlungen mit der Stadt weitergingen, begann ich, erste Ärzte für das Projekt zu gewinnen. Ich kontaktierte Allgemeinmediziner, Orthopäden, HNO-Ärzte – alle, die ich finden konnte.

Einige waren skeptisch.

„Warum sollten wir in ein neues Zentrum ziehen, wenn wir schon Praxisräume haben?" fragte einer.

„Weil dieses Zentrum etwas bietet, das Sie nirgendwo sonst finden: Sichtbarkeit, Erreichbarkeit, und vor allem: eine Zukunft," erklärte ich.

Andere waren interessierter.

„Ein medizinisches Zentrum mit verschiedenen Fachrichtungen unter einem Dach? Das könnte funktionieren," sagte ein HNO-Arzt.

Die größte Herausforderung blieb die Stadt. Trotz meiner Präsentationen und Argumente hielt das Bauamt an seiner skeptischen Haltung fest.

„Wir verstehen Ihre Vision," sagte der Bürgermeister in einem weiteren Treffen. „Aber die Risiken sind enorm. Was passiert, wenn das Zentrum scheitert?"

„Es wird nicht scheitern," sagte ich. „Ich habe bereits Zusagen von mehreren Ärzten. Und wenn wir dieses Zentrum erst einmal etabliert haben, wird die gesamte Region davon profitieren."

„Sie denken groß, Herr Avinger," sagte der Bauamtsleiter. „Aber große Ideen brauchen solide Fundamente."

„Und genau die habe ich," erwiderte ich.

Die Beziehung zu Clara blieb stabil, doch ich bemerkte eine Veränderung, eine leise Distanz, die sich wie ein kühler Schatten über uns legte. Sie war nicht unfreundlich, nicht weniger liebevoll – aber sie schien sich zurückzuziehen, oft in Gedanken verloren, und sie begann, eigene Wege zu gehen.

Eines Abends, während wir auf ihrer Couch saßen und über den Tag sprachen, erzählte sie mir von einem geplanten Urlaub mit Freundinnen.

„Wir wollen für eine Woche nach Portugal," sagte sie, während sie einen Schluck Wein nahm.

„Portugal?" fragte ich.

„Ja, es wird schön. Sonne, Meer, einfach mal abschalten."

Ich nickte, versuchte, meine Überraschung zu verbergen. „Das klingt… gut."

„Ich brauche das einfach," sagte sie. „Ein bisschen Zeit für mich, für uns Mädels. Ich habe das Gefühl, dass ich das in letzter Zeit zu wenig gemacht habe."

Ich verstand es nicht ganz, aber ich sagte nichts. Clara war immer unabhängig gewesen, und ich wusste, dass ihre Freiheit ein Teil dessen war, was sie ausmachte. Doch ein kleiner Teil von mir fragte sich, ob ich ein Teil ihrer Welt blieb – oder ob sie begann, sich eine andere zu schaffen.

In dieser Zeit sprach sie auch zum ersten Mal über ihre Familie. Wir saßen bei mir, als sie ein altes Fotoalbum aus ihrer Tasche zog.

„Das sind meine Eltern," sagte sie und deutete auf ein Bild eines gut gekleideten Paares vor einer beeindruckenden Villa.

„Sie sehen… erfolgreich aus," sagte ich vorsichtig.

„Das waren sie auch. Mein Vater war Vorstand einer Bank, meine Mutter Filialleiterin. Alles in unserem Leben war geplant, durchdacht, kontrolliert. Es gab keinen Platz für Träume, keinen Platz für… das Leben."

„Und du bist das Gegenteil?"

Sie lächelte schwach. „Vielleicht. Ich habe immer gespürt, dass ich ausbrechen wollte. Ich wollte ein Leben, das nicht nur aus Arbeit und Erfolg besteht."

„Und jetzt?"

„Jetzt frage ich mich manchmal, ob ich nicht doch wie sie bin. Ob ich auch in einem sicheren Rahmen bleiben will, obwohl ich Freiheit suche."

Ihre Worte hallten in mir nach, und ich erkannte, dass wir uns beide in unseren Wurzeln verloren hatten – sie in ihrer Suche nach Freiheit, ich in meinem unermüdlichen Drang, die Avinger Werke und das Gewerbezentrum voranzutreiben.

Während Clara ihren Urlaub plante, kämpfte ich mit den Hindernissen des Gewerbezentrums. Die Stadt stellte immer neue Anforderungen, und die Gespräche mit den Ärzten zogen sich in die Länge.

„Die Bürokratie frisst uns auf," sagte Markus, als wir uns durch die neuesten Genehmigungsanträge arbeiteten. „Ich dachte, das wäre längst genehmigt."

„Das dachte ich auch," sagte ich. „Aber wir kommen voran. Langsam."

Die Zusagen der Ärzte waren der entscheidende Punkt. Einige hatten Interesse bekundet, doch keiner wollte der Erste sein, der sich auf das Projekt einließ.

„Sie wollen sehen, dass es funktioniert," sagte ich zu meiner Schwester, als wir die Liste der potenziellen Mieter durchgingen.

„Dann brauchen wir jemanden, der den Anfang macht," sagte sie. „Vielleicht jemand, der bereit ist, ein Risiko einzugehen."

„Das ist leichter gesagt als getan," murmelte ich.

Parallel dazu florierten die Avinger Werke weiter. Markus und Frau Riedel führten die Produktion mit einer Präzision, die mich beeindruckte. Unsere Maschinen liefen auf Hochtouren, und neue Märkte öffneten sich für unsere Produkte.

„Wir könnten uns das Zentrum fast allein leisten," sagte Frau Riedel eines Morgens in einem Meeting.

„Fast?" fragte ich.

„Die Avinger Werke sind stabil, aber wir dürfen sie nicht überlasten. Das Zentrum ist dein Projekt, nicht das der Firma."

Ich nickte. „Ich weiß. Aber es beruhigt mich, dass wir so stark dastehen."

Claras Urlaub kam und ging, und als sie zurückkam, schien sie verändert. Sie war entspannt, fröhlich – und doch spürte ich, dass sie sich weiter von mir entfernte.

„Wie war es?" fragte ich, als wir uns wiedersahen.

„Es war wunderbar," sagte sie. „Ich habe so viel nachgedacht, so viel gesehen."

„Und?"

„Ich habe gemerkt, dass ich mehr Zeit für mich brauche. Ich liebe dich, aber ich brauche auch meinen eigenen Raum."

Ich wusste nicht, wie ich darauf reagieren sollte. Sie liebte mich, das war klar, aber sie schien eine Welt außerhalb unserer Beziehung aufzubauen – eine Welt, in der ich nur ein Teil war, nicht das Zentrum.

Nach Wochen zäher Verhandlungen kam endlich der Durchbruch. Ein Facharzt für Orthopädie erklärte sich bereit, eine Praxis im Zentrum zu eröffnen.

„Das ist der Anfang," sagte ich zu meiner Schwester.

„Jetzt musst du das nutzen," sagte sie.

Ich kontaktierte weitere Ärzte, zeigte ihnen die Pläne und das Konzept. Der erste Mieter war das Zeichen, das viele gebraucht hatten, und nach und nach kamen die Zusagen.

Die Stadt war beeindruckt von den Fortschritten und begann, die anfängliche Skepsis zu verlieren. Der Bürgermeister besuchte die Baustelle und lobte das Projekt öffentlich.

„Das hier könnte ein Meilenstein für die Stadt sein," sagte er in einem Interview.

Trotz der Fortschritte fühlte ich eine Leere, die ich nicht erklären konnte. Clara war da, aber sie war nicht ganz bei mir. Ihre Unabhängigkeit faszinierte mich, aber sie machte mir auch Angst.

Eines Abends, als wir zusammen kochten, sprach ich es an.

„Hast du das Gefühl, dass wir uns verlieren?"

Sie sah mich überrascht an. „Nein. Aber ich glaube, dass wir beide auf der Suche sind. Du nach deinem Erfolg. Ich nach meinem Leben."

„Und was passiert, wenn wir uns dabei verlieren?"

„Wir müssen uns daran erinnern, warum wir zusammen sind," sagte sie. „Weil wir uns lieben. Aber das bedeutet nicht, dass wir alles gleich sehen müssen."

Die Hohenzoll-Brache verwandelte sich schneller, als ich es mir jemals erträumt hatte. Die ersten Mieter waren eingezogen – ein Orthopäde, ein Allgemeinmediziner, ein HNO-Arzt. Dann kamen weitere: eine Kinderarztpraxis, eine kleine Radiologie, eine Apotheke. Das Zentrum begann zu leben, und mit ihm kam die Frequenz.

Es war berauschend.

„Das hier ist nicht nur ein Erfolg," sagte meine Schwester eines Abends, als wir auf der Baustelle standen und die letzten Arbeiten an den neu errichteten Gebäuden beobachteten. „Das ist ein Beweis, dass du etwas Besonderes erschaffen hast."

Ich nickte, mein Blick wanderte über die Baustelle. Es war mehr als das. Es war ein Denkmal für das, was möglich war, wenn man an sich glaubte – und ein Beweis, dass ich mehr konnte, als nur die Avinger Werke zu führen.

Auch die Avinger Werke selbst liefen wie ein Uhrwerk. Unsere Bedachungsmaterialien wurden nicht nur in Deutschland, sondern inzwischen in ganz Europa nachgefragt. Markus führte die Produktion mit beeindruckender Präzision, und Frau Riedel meldete wöchentlich neue Großaufträge.

„Wir haben eine Anfrage aus den USA," sagte sie eines Morgens in einer Besprechung. „Ein kleiner Markt für uns, aber es könnte der Einstieg in etwas Größeres sein."

„Dann gehen wir rein," sagte ich ohne zu zögern. „Wir haben die Kapazitäten."

„Aber nur knapp," warnte Markus. „Wenn wir eine einzige Verzögerung haben, könnte das kritisch werden."

„Wir schaffen das," sagte ich. „Wir haben bis jetzt alles geschafft."

Die Resonanz auf das neue Gewerbezentrum war überwältigend. Lokale Medien berichteten begeistert über das Projekt, das die Stadt wiederbelebte. Der Bürgermeister lobte es als „einen Meilenstein für die Region," und die ersten Einzelhändler begannen, sich für die verbleibenden Flächen zu interessieren.

Ein kleines Café eröffnete, gefolgt von einem Blumenladen und einem Friseursalon. Jeder neue Mieter brachte mehr Leben, mehr Menschen, mehr Erfolg.

Ich begann, größere Pläne zu schmieden.

„Das Zentrum läuft," sagte ich zu meiner Schwester. „Aber wir könnten noch mehr machen. Vielleicht ein zweites Gebäude, ein Parkhaus, ein kleiner Markt…"

„Langsam," sagte sie. „Du bist schon jetzt an der Grenze."

Aber das war ich nicht. Nicht in meinem Kopf.

Mein Tag begann um fünf Uhr morgens und endete oft erst nach Mitternacht. Ich jonglierte Meetings mit Ärzten, Gespräche mit Investoren, Verhandlungen mit Zulieferern und die strategische Ausrichtung der Avinger Werke.

Markus und Frau Riedel hatten die operativen Abläufe weitgehend übernommen, doch die großen Entscheidungen landeten immer noch bei mir.

„Wann schläfst du eigentlich?" fragte Markus eines Abends, als wir spät in der Halle standen.

„Schlafen kann ich später," sagte ich mit einem Lächeln.

„Aber ernsthaft," fuhr er fort. „Du kannst nicht alles machen. Irgendwann wirst du zusammenbrechen."

„Noch nicht," sagte ich. „Noch lange nicht."

Clara war meine Zuflucht, doch selbst sie begann, die Veränderungen in mir zu bemerken.

„Du bist wie eine Maschine," sagte sie eines Abends, als wir zusammen saßen.

„Eine Maschine?" fragte ich und lachte.

„Ja," sagte sie ernst. „Du arbeitest ununterbrochen, du planst, du rennst von einem Erfolg zum nächsten. Aber was passiert, wenn mal etwas schiefgeht?"

„Es wird nichts schiefgehen," sagte ich.

„Das ist nicht realistisch," sagte sie. „Keiner kann alles kontrollieren."

Ich sah sie an, mein Lächeln verschwand. „Ich kann."

Sie schwieg, und in ihrem Blick lag etwas, das ich nicht deuten konnte – Sorge, vielleicht Angst.

Der Erfolg war alles. Es war wie eine Droge, die mich am Leben hielt, die mich antrieb, immer weiterzumachen.

Jeder neue Vertrag, jeder neue Mieter, jede neue Idee fühlte sich wie ein Sieg an, wie ein weiterer Beweis dafür, dass ich unaufhaltsam war.

Die Avinger Werke liefen besser als je zuvor. Das Gewerbezentrum war ein voller Erfolg. Die Stadt begann, mich als den Mann zu sehen, der sie gerettet hatte.

„Du bist ein Phänomen," sagte der Bürgermeister bei einer Veranstaltung, zu der ich eingeladen wurde. „Ein Mann mit Visionen, der sie auch umsetzt."

Ich genoss die Worte, auch wenn ich wusste, dass sie übertrieben waren. Aber in diesem Moment fühlte ich mich unantastbar.

Doch die Arbeit begann, ihren Tribut zu fordern.

Ich merkte es an den kleinen Dingen – an den Kopfschmerzen, die nicht weggingen, an den Nächten, in denen ich trotz völliger Erschöpfung nicht schlafen konnte, an den Momenten, in denen selbst Clara mir fremd erschien.

„Du bist immer irgendwo anders," sagte sie eines Abends, als wir gemeinsam aßen.

„Ich bin hier," sagte ich.

„Nicht wirklich," sagte sie leise.

Ich wollte widersprechen, doch ich wusste, dass sie recht hatte.

Der Erfolg hatte mir Flügel verliehen. Die erste Phase des Gewerbezentrums war abgeschlossen, die Frequenz der Arztpraxen zog Kunden an, und die Avinger Werke liefen reibungslos. Doch es war nicht genug. Ich wollte mehr. Nicht aus Notwendigkeit, sondern aus dem unstillbaren Drang, mich selbst zu übertreffen.

Der Plan für die zweite Phase war ehrgeizig: Eine moderne Einkaufspassage sollte die Attraktivität des Geländes vervollständigen. Sie würde das Zentrum erweitern und die Umsätze für die bestehenden Mieter steigern – so zumindest die Vision. Aber ich wollte vor allem eines beweisen: dass ich nicht nur Erfolg haben konnte, sondern triumphieren.

Die Suche nach einem Bauunternehmen führte mich schließlich zu einem Mann namens Marek Nowak.

Der erste Eindruck von Marek war wie ein warmer Händedruck – fest, aufrichtig, fast freundlich. Er war ein Mann, der wusste, wie er auf andere wirkte, und diese Wirkung gezielt einsetzte. Sein Anzug saß tadellos, seine Schuhe glänzten, und sein Lächeln war so strahlend wie das Licht in seinem Büro.

„Herr Avinger," begrüßte er mich, als ich eintrat. „Es ist mir eine Ehre."

Sein Akzent war leicht, fast unmerklich, ein Hauch von Osteuropa, der ihn eher faszinierend als fremd wirken ließ. Er strahlte eine Bodenständigkeit aus, die ich in meiner Welt oft vermisste, gepaart mit einer Selbstsicherheit, die mich beeindruckte.

„Die Ehre liegt auf meiner Seite," erwiderte ich und setzte mich ihm gegenüber.

Der Raum war schlicht eingerichtet, doch die kleinen Details
– ein hochglanzpolierter Tisch, perfekt arrangierte Ordner –
verrieten, dass Marek jemand war, der Kontrolle liebte. Oder
zumindest den Anschein davon.

„Ich habe viel von Ihnen gehört,“ sagte er und lehnte sich
zurück. „Ein Mann mit Visionen, sagt man. Jemand, der Grenzen verschiebt.“

Seine Worte schmeichelten mir, und ich merkte, wie ich
mich unwillkürlich entspannte.

„Man versucht, das Beste zu geben,“ sagte ich bescheiden.

Marek lächelte. „Nicht jeder sieht das so. Aber ich glaube,
Sie und ich – wir verstehen uns. Wir beide wissen, dass große
Erfolge große Risiken erfordern.“

Das Gespräch drehte sich schnell um das Hohenzoll-Projekt.
Marek präsentierte mir Zahlen, die beeindruckend aussahen,
und Pläne, die bis ins letzte Detail durchdacht wirkten.

„Wir haben ein Team, das sich mit solchen Projekten aus-
kennt,“ sagte er. „Ich habe in den letzten Jahren ähnliche Neu-
bauten begleitet, immer mit Erfolg.“

Ich nickte, ließ meinen Blick über die Unterlagen gleiten. Die
Zahlen waren schlüssig, die Referenzen beeindruckend. Doch
etwas an Mareks Selbstsicherheit ließ mich zögern. Es war, als
wäre er zu perfekt, zu glatt.

„Und warum wollen Sie mit mir zusammenarbeiten?“ fragte
ich schließlich.

Er lehnte sich vor, sein Blick wurde ernst. „Weil ich glaube,
dass wir beide etwas gemeinsam haben: den Willen, zu beweisen, dass wir mehr können. Die Welt sieht uns vielleicht als Au-
ßenseiter, aber das macht uns gefährlich. Was meinen Sie?“

Seine Worte trafen einen Nerv. Ich fühlte mich verstanden,
fast durchschaut.

Doch als das Gespräch beendet war und ich das Gebäude verließ, blieb ein seltsames Gefühl zurück. Es war nichts Konkretes, eher ein Schatten, der sich nicht ganz greifen ließ.

Ich erinnerte mich an die Warnung meines Onkels: *„Vertraue niemandem, der zu schnell zu viel verspricht."*

Doch ich schob den Gedanken beiseite. Marek hatte alles, was ich brauchte: Expertise, Kontakte, und vor allem versprach er das Projekt weit überdurchschnittlich profitabel zu machen. Und das war etwas, das ich zu diesem Zeitpunkt wollte, eine spektakuläre Rendite, die alle beeindrucken würde.

Die nächsten Wochen verliefen wie im Rausch. Marek war allgegenwärtig: Er rief an, schickte Pläne, und seine Nachrichten waren stets voller Energie und Optimismus. „Wir schaffen das, Herr Avinger," schrieb er oft. „Das wird ein Projekt, über das man in der Branche noch lange sprechen wird."

Seine Entschlossenheit war ansteckend. Marek wirkte wie jemand, der wusste, was er tat, und ich begann, ihm immer mehr zu vertrauen.

„Ich habe ein paar Vorschläge, wie wir die Kosten weiter optimieren können," sagte er bei einem unserer Treffen und schob mir eine Liste über den Tisch.

Die Zahlen waren verlockend. Kürzere Bauzeiten, niedrigere Materialkosten, weniger Personal – alles klang nach einer Win-Win-Situation.

„Wie schaffen Sie das?" fragte ich, meine Augen über die Zahlen wandernd.

„Kontakte," sagte er mit einem selbstbewussten Lächeln. „Ich habe lange in der Branche gearbeitet. Man lernt Leute kennen, die ihre Arbeit gut machen, aber nicht so hohe Preise verlangen wie die großen Anbieter."

Ich nickte, beeindruckt.

„Das sind natürlich nicht die klassischen Partner," fügte er hinzu, „aber sie liefern Ergebnisse. Und das ist doch, was zählt, oder?"

Doch je intensiver die Zusammenarbeit wurde, desto mehr begannen mir kleine Dinge aufzufallen, die nicht ganz passten.

Einmal sprach Marek von einem Subunternehmer, den er für ein entscheidendes Teilprojekt engagieren wollte. „Er ist neu am Markt, aber sehr gut," sagte er.

Als ich später Nachforschungen anstellte, fand ich keine wirklichen Referenzen für diesen Subunternehmer – nur vage Einträge und eine Website, die wie ein Provisorium wirkte.

„Das sind Start-ups," sagte Marek, als ich ihn darauf ansprach. „Sie haben keine glänzenden Profile, aber sie arbeiten effizient. Glauben Sie mir."

Seine Erklärung beruhigte mich.

Die ersten Wochen verliefen vielversprechend. Marek war jeden Tag auf der Baustelle, arbeitete selbst mit und schien alles im Griff zu haben. Seine Arbeiter waren fleißig, und die Bauarbeiten gingen schneller voran, als ich es erwartet hatte.

„Ihr Mann scheint die Sache ernst zu nehmen," sagte Markus, als wir gemeinsam die Baustelle besichtigten.

„Er weiß, was auf dem Spiel steht," sagte ich.

Die Bauarbeiten schritten fort, der Rohbau stand und der Dachstuhl wurde montiert, nur Mareks Präsenz auf der Baustelle wurde immer geringer. „Ich habe andere Projekte, die meine Aufmerksamkeit erfordern," erklärte er. „Aber mein Team ist da. Sie können sich darauf verlassen."

Doch die ersten Verzögerungen ließen nicht lange auf sich warten. Materiallieferungen kamen zu spät, und die Qualität einiger Arbeiten entsprach nicht den vereinbarten Standards.

„Was ist hier los?" fragte ich bei einem wütenden Anruf.

„Das ist nur ein kleiner Rückschlag," sagte Marek beschwichtigend. „Nichts, was wir nicht lösen können. Ich kümmere mich persönlich darum."

Und tatsächlich wurden die Probleme schnell behoben – zumindest oberflächlich. Doch jedes Mal, wenn ich eine Baustelle besuchte, fühlte ich mich unwohl. Die Arbeiter wirkten schlecht organisiert, die Atmosphäre war hektisch, fast chaotisch.

Während ich mich immer tiefer in die Arbeit stürzte, begann Clara, sich von mir zu entfernen. Sie verbrachte mehr Zeit mit Freundinnen, sprach von kleinen Reisen und Abenteuern, die sie ohne mich plante.

„Du bist nie da," sagte sie eines Abends, als wir uns nach einer Woche zum ersten Mal wiedersahen.

„Ich arbeite," sagte ich. „Das weißt du."

„Das weiß ich," erwiderte sie. „Aber ich frage mich, ob du überhaupt noch weißt, warum du das alles machst."

„Ich mache es für uns," sagte ich.

„Nein," sagte sie leise. „Du machst es für dich."

Ich wusste nicht, wie ich darauf reagieren sollte. Ihre Worte klangen hart, aber ich konnte ihre Frustration spüren.

„Marek," sagte ich bei unserem nächsten Treffen. „Das hier läuft nicht wie geplant. Ich habe das Gefühl, dass wir die Kontrolle verlieren."

Er lachte. „Kontrolle ist eine Illusion, Herr Avinger. In einem Projekt dieser Größe gibt es immer Probleme. Aber schauen Sie sich die Zahlen an – wir sind im Plan. Das ist alles, was zählt."

Ich wollte widersprechen, doch Marek hatte die seltsame Gabe, meine Zweifel im Keim zu ersticken. Seine Energie, seine Zuversicht wirkten wie ein Schutzschild, durch das ich nicht hindurchkam.

„Vertrauen Sie mir," sagte er. „Ich mache das seit Jahren."

Eines Abends, als ich spät im Büro saß, rief Marek an.

„Wir haben ein kleines Problem," begann er ohne Umschweife.

„Was für ein Problem?" fragte ich, mein Herzschlag beschleunigte sich.

„Ein Lieferant hat uns unerwartet höhere Preise berechnet. Ich brauche eine kurzfristige Überweisung, um das auszugleichen."

„Wie viel?" fragte ich, während ich mir Notizen machte.

Er nannte eine Summe, die mir den Atem raubte. „Das ist außerhalb unseres Budgets, Marek," sagte ich scharf.

„Ich weiß, aber ohne das verzögert sich der gesamte Zeitplan. Und das können wir uns nicht leisten, oder?"

Widerwillig stimmte ich zu, das Geld bereitzustellen. Doch diesmal war der Zweifel nicht mehr so leise.

Clara spürte, dass ich mich veränderte.

„Du bist… anders," sagte sie eines Abends. „Abwesender. Und ich habe das Gefühl, dass du etwas vor mir versteckst."

„Ich verstecke nichts," sagte ich.

„Du erzählst mir nichts von der Baustelle. Von dem Polen. Ist alles in Ordnung?"

„Natürlich ist alles in Ordnung," sagte ich schnell. Zu schnell.

Sie sah mich lange an, sagte aber nichts mehr. Doch in ihrem Blick lag ein Misstrauen, das mich verfolgte.

Mareks Forderungen wurden häufiger, und jedes Mal hatte er eine plausible Erklärung. Ein unvorhergesehenes Problem hier, eine unerwartete Kostensteigerung dort.

„Das sind normale Schwankungen," versicherte er mir. „In ein paar Monaten lachen wir darüber."

Doch die Summen häuften sich, und die finanzielle Belastung begann, die Avinger Werke zu beeinträchtigen.

„Das ist nicht nachhaltig," sagte Markus eines Abends. „Ich verstehe nicht, warum wir uns so abhängig von einem Mann machen, der offensichtlich nicht alles im Griff hat."

Ich verteidigte Marek, schließlich war er der Mann, der mir dieses Objekt zu einem guten Preis bauen würde, zu einem Preis den niemand für möglich hielt. Mit der Rendite dieses Projektes, so dachte ich, würde ich in die Geschichte der Avinger Werke eingehen -. Dieses Projekt würde unser Bestehen auf immer sichern.

Mareks Probleme wurden größer. Die nächste Forderung kam nicht mehr als höflicher Anruf, sondern als drängende Nachricht. Es war 23 Uhr, und ich saß allein in meinem Büro, die Bauunterlagen des Hohenzoll-Projekts vor mir ausgebreitet, als mein Handy vibrierte.

„Wir müssen dringend reden. Es ist ernst. Bitte rufen Sie mich an."

Ich starrte auf die Nachricht, das Gewicht dieser Worte ließ meine Hände zittern. Als ich ihn anrief, dauerte es nur zwei Klingeltöne, bis er abnahm.

„Herr Avinger," begann er hastig. „Wir haben ein Problem."

„Was für ein Problem?" fragte ich, obwohl ich die Antwort bereits befürchtete.

„Die Zahlungen an die Subunternehmer sind ins Stocken geraten. Ein paar Leute weigern sich, weiterzuarbeiten, bis sie ihr Geld bekommen."

„Was ist mit den Budgets?" fragte ich scharf. „Das Geld sollte längst bei Ihnen sein."

Er seufzte. „Unvorhergesehene Kosten. Diese Bauprojekte sind immer voller Überraschungen. Aber ich verspreche Ihnen, ich habe alles im Griff."

Seine Worte klangen hohl. „Marek, ich kann keine weiteren Überweisungen genehmigen. Wir sind am Limit."

„Herr Avinger," sagte er, seine Stimme wurde flehend. „Wenn wir jetzt nicht handeln, fällt alles auseinander. Geben Sie mir noch ein paar Wochen. Ich garantiere Ihnen, dass ich das Geld zurückbringe."

Trotz meiner Ablehnung merkte ich, dass Mareks Probleme meine Position gefährdeten. Subunternehmer begannen, sich bei mir direkt zu melden, um Zahlungen einzufordern.

Eines Morgens kam Frau Riedel in mein Büro. Ihre Miene war besorgt, und sie hielt eine Mappe in der Hand.

„Das hier sind Forderungen von zwei Subunternehmern," sagte sie. „Sie behaupten, sie hätten seit Monaten kein Geld gesehen."

„Das kann nicht sein," sagte ich schnell. „Marek hat mir versichert, dass alles geregelt ist."

„Vielleicht sollten wir selbst nachforschen," schlug sie vor.

Ich zögerte. Das war das Letzte, was ich wollte. Wenn ich zu tief in Mareks Zahlen sah, könnte ich die Wahrheit finden – und davor hatte ich mehr Angst als vor allem anderen.

„Ich kümmere mich darum," sagte ich schließlich und nahm ihr die Mappe aus der Hand.

Es dauerte nicht lange, bis sich die schlimmsten Befürchtungen bestätigten. Eine flüchtige Spurensuche enthüllte, dass mehrere seiner Subunternehmer nicht nur unbezahlt waren, sondern auch kein offizielles Gewerbe angemeldet hatten.

Ich rief Marek sofort an, meine Stimme bebte vor Wut.

„Was ist hier los?" fragte ich, ohne ihn begrüßen zu wollen. „Warum sind Ihre Subunternehmer nicht offiziell registriert?"

„Herr Avinger, das ist kein Problem," sagte er, doch seine Stimme klang zittrig. „Das sind Freunde, die für mich arbeiten. Sie sind zuverlässig."

„Das ist illegal," fuhr ich ihn an. „Haben Sie auch nur eine Sekunde daran gedacht, was das für die Avinger Werke bedeutet, wenn das auffliegt?"

„Es wird nichts auffliegen," versicherte er mir. „Das ist nur eine Übergangslösung. Niemand wird etwas bemerken."

Doch ich konnte ihm nicht mehr glauben.

Die Probleme erreichten ihren Höhepunkt, als Marek eines Abends unangekündigt in meinem Büro auftauchte. Sein Gesicht war blass, und seine Kleidung wirkte ungewohnt unordentlich.

„Ich brauche Ihre Hilfe," sagte er, noch bevor ich ihn begrüßen konnte.

„Marek, das war's," sagte ich kalt. „Ich kann Ihnen nicht mehr helfen."

„Bitte," flehte er. „Es geht nur um eine Überbrückung. Ein paar Tausend Euro, mehr nicht."

„Ich habe Ihnen genug gegeben," erwiderte ich. „Und was habe ich dafür bekommen? Unbezahlte Subunternehmer und Schwarzarbeit. Sie haben mich in eine unmögliche Lage gebracht."

Seine Augen blitzten vor Wut auf. „Ohne mich hätten Sie dieses Projekt nie so weit gebracht. Und jetzt wollen Sie mich einfach fallen lassen?"

„Genau das könnte ich tun," sagte ich, meine Stimme so kalt wie meine Entschlossenheit.

Marek knallte die Faust auf den Tisch. „Sollten Sie das jemals wirklich tun, dann werden Sie das bitter bereuen, Avinger."

Er stürmte aus dem Büro, und als die Tür hinter ihm ins Schloss fiel, wusste ich, dass dies der Anfang eines noch größeren Problems war.

Die Anspannung in meinem Leben wurde unerträglich. Was einst ein Rausch aus Erfolg und Anerkennung gewesen war, wandelte sich zu einem stillen Albtraum. Die Lügen, die ich Marek geglaubt hatte, entfalteten ihre ganze Wirkung, und mit jeder weiteren Woche geriet ich tiefer in eine Spirale, aus der es kein Entrinnen zu geben schien.

93

ZEHN

In den Nächten darauf konnte ich nicht schlafen. Immer wieder stellte ich mir vor, wie Polizisten in die Avinger Werke marschierten, wie die Presse über Schwarzarbeit und nicht gezahlte Sozialabgaben berichtete. Die Vorstellung einer Strafanzeige ließ mein Herz rasen.

Die Realität war jedoch ganz anders: Niemand wusste etwas!

Doch in meinem Kopf wuchs das Szenario zur Gewissheit heran, dass es nur eine Frage der Zeit war, bis alles aufflog.

Um die drohende Katastrophe abzuwenden, begann ich heimlich, die fehlenden Sozialabgaben aus meiner eigenen Tasche zu begleichen. Es war eine astronomische Summe, die ich aus den Rücklagen der Avinger Werke finanzierte – ohne jemanden einzuweihen.

Während ich versuchte, die immer größer werdenden Löcher zu stopfen, bemerkte ich eine Leere in mir, die ich nicht erklären konnte. Früher hatte mich der Erfolg beflügelt, doch jetzt fühlte ich nichts mehr. Kein Stolz, keine Freude – nur eine endlose Pflicht, weiterzumachen.

Ich saß eines Abends allein in meinem Büro, die Berichte vor mir, als sich plötzlich eine scharfe Stimme in meinem Kopf meldete:

„Alles, was du tust, ist bedeutungslos.“

Ich schreckte auf und sah mich um, doch der Raum war leer. Es war nur mein Kopf, der mir Streiche spielte – oder vielleicht etwas anderes.

Die Gedanken wurden lauter, quälender.

„Deine Gier hat dich hierhergebracht.“ *„Du hast alles zerstört, was du aufgebaut hast.“* *„Wie lange noch, bis alle merken, was für ein Versager du bist?“*

Es war, als ob mein eigener Verstand sich gegen mich wandte, eine unerbittliche Anklage, der ich nicht entkommen konnte.

Clara spürte, dass etwas nicht stimmte, doch sie konnte nicht verstehen, was es war.

„Du bist wie ein Geist,“ sagte sie eines Abends. „Du bist hier, aber es fühlt sich an, als wärst du meilenweit entfernt.“

„Es ist nur die Arbeit,“ sagte ich, ohne sie anzusehen.

„Es ist mehr als das,“ erwiderte sie. „Ich sehe es in deinen Augen. Was ist los?“

Ich konnte es ihr nicht sagen. Nicht, dass ich in einer Spirale aus Lügen, Schulden und Angst gefangen war. Nicht, dass ich mich selbst nicht mehr erkannte.

Stattdessen wich ich ihren Fragen aus, versprach ihr, dass es bald besser werden würde, und versuchte, ihre Forderungen zu erfüllen.

„Ich will, dass wir nach Italien fahren,“ sagte sie eines Abends. „Nur für ein paar Tage. Einfach weg von allem.“

Ich nickte, obwohl ich wusste, dass ich es mir weder zeitlich noch finanziell leisten konnte. Doch die Wahrheit hätte sie nur weiter von mir entfernt.

Die Treffen mit meiner Familie wurden seltener, und wenn ich doch kam, fühlte ich mich wie ein Betrüger. Meine Mutter fragte nach den Fortschritten des Gewerbezentrums, mein

Onkel lobte die Avinger Werke, und meine Schwester war stolz auf meinen Erfolg.

„Du hast so viel erreicht," sagte meine Mutter eines Abends, als wir gemeinsam aßen. „Ich wünschte, dein Großvater könnte sehen, was du aus der Firma gemacht hast."

Ihre Worte schnürten mir die Kehle zu. Sie hatte keine Ahnung, wie nah ich daran war, alles zu verlieren.

„Ich hoffe, dass ich ihn stolz mache," sagte ich schließlich, ohne sie anzusehen.

Marek wurde immer dreister. Er verlangte weitere Vorauszahlungen, neue Kredite, und ich konnte mich nicht mehr entziehen.

„Das ist das letzte Mal," sagte ich, als ich ihm erneut eine Überweisung zusagte.

„Natürlich," sagte er mit seinem üblichen Lächeln.

Doch ich wusste, dass es nicht das letzte Mal sein würde.

Die Last wurde unerträglich. Ich jonglierte mit Zahlen, fälschte Berichte, um die fehlenden Gelder zu verschleiern, und log jedem ins Gesicht, der mich nach dem Stand der Projekte fragte.

Die innere Stimme wurde lauter, grausamer.

„Du bist ein Betrüger."
„Sie werden alles herausfinden."
„Du wirst alles verlieren."

Ich begann, mich selbst zu hassen – für meine Gier, für meine Naivität, für meine Unfähigkeit, die Wahrheit zu sagen.

Clara, die Avinger Werke, meine Familie – alles, was mir wichtig war, schien sich von mir zu entfernen, während ich mich immer tiefer in ein Netz aus Lügen und Angst verstrickte.

Die ersten Wochen, nachdem Mareks Arbeiter ohne Sozialabgaben aufflogen, waren ein Nebel aus Verdrängung und hektischem Aktionismus. Ich sagte mir, dass es nur eine

Kleinigkeit sei, eine Unannehmlichkeit, die ich mit ein wenig zusätzlichem Geld aus der Welt schaffen könnte. Aber tief in mir wusste ich, dass etwas anderes begann: Eine lähmende, allgegenwärtige Angst, die mich mit jedem Tag stärker beherrschte.

Ich arbeitete mehr denn je, stürzte mich in die Projekte, um die Unruhe in meinem Inneren zu ersticken. Die Einkaufspassage auf dem Hohenzoll-Gelände wurde mein Lebensinhalt, ein Denkmal, das größer und perfekter werden musste, um die Zweifel zu übertönen.

Jede Entscheidung war von der Frage durchzogen: *Was passiert, wenn jemand dahinterkommt?*

Nachts, wenn ich allein war, wurde die Angst zur Stimme, zur ständigen Begleiterin.

„Sie werden dich entdecken."
„Es ist nur eine Frage der Zeit."
„Was wirst du tun, wenn alles auffliegt?"

Diese Gedanken schlichen sich wie ein Virus in jeden Aspekt meines Lebens. Bei Meetings mit Markus oder Frau Riedel hielt ich mich zurück, vermied detaillierte Diskussionen über die Finanzen der Avinger Werke.

„Du bist stiller als sonst," bemerkte Frau Riedel einmal.

„Ich bin nur müde," log ich.

Doch ich war nicht nur müde. Ich war gelähmt. Jeder Blick, jede Frage schien eine Gefahr zu sein. Ich begann, mir vorzustellen, dass Markus Verdacht schöpfte, dass er die Abrechnungen prüfte und etwas Ungewöhnliches entdeckte.

Die Wahrheit war, dass niemand etwas ahnte – außer mir.

Clara spürte, nein, mittlerweile wusste sie das etwas nicht stimmte, doch sie konnte es nicht greifen.

„Du bist nicht mehr du selbst," sagte sie als wir aneinander geschmiegt im Bett lagen. In ihrer Stimme lag eine Schwere und Gewissheit, die ich nur schwer ertragen konnte. Sie fuhr fort: „Ich weiß nicht, was los ist, aber es fühlt sich an, als wärst du immer woanders."

„Es ist die Arbeit," sagte ich, so routiniert, dass die Worte wie ein Reflex kamen.

„Du kannst mir nichts vormachen," sagte sie, doch zu meinem Glück beließ sie es dabei.

Stattdessen begann sie nun, sich zunehmend auf sich selbst zu konzentrieren. Sie plante einen Kurzurlaub mit einer Freundin nach Frankreich, sprach von Ausstellungen und Projekten, die sie interessierten.

„Ich will, dass wir jetzt endlich zusammen reisen, nach Italien, so wie wir es besprochen hatten" sagte sie eines Abends. „Endlich weg von allem, du hast es mir schon so lange versprochen."

„Bald," versprach ich. „Wenn das Projekt läuft."

Doch wir beide wussten, dass „bald" wohl niemals kommen würde.

Die Zeit die ich permanent in Marek und seine Probleme investierte fehlte mir überall. Zwar waren die Avinger Werke stabil, doch ich begann, sie zu sehen wie eine Kuh, die ich melken musste, um das neue Projekt am Leben zu halten. Jeder zusätzliche Auftrag, jeder kleine Erfolg war ein weiteres Mittel, um Mareks Probleme zu kaschieren. Am meisten litt ich selbst darunter. Es mag kurios klingen, doch oft hatte ich mich als die Avinger Werke gefühlt und so spürte ich nun fast körperlich den Schmerz mit jedem Tropfen den ich aus den Avinger Werken presste, um die Probleme beim Hohenzoll-Projekt zu kaschieren.

Sogar Markus begann bald, Fragen zu stellen.

„Woher kommen die ganzen zusätzlichen Gelder für das Hohenzoll-Projekt?" fragte er eines Abends, als wir im Büro saßen.

„Investoren," sagte ich schnell, vielleicht zu schnell.

„Investoren?" Er hob eine Augenbraue. „Du hast niemanden davon erzählt."

„Es ist alles unter Kontrolle," sagte ich und wandte den Blick ab.

Doch Markus ließ nicht locker. „Das klingt nicht wie du. Du bist normalerweise transparenter."

„Ich mache, was nötig ist," sagte ich schließlich.

Die Dinge, die mir einst Freude bereitet hatten – die Anerkennung meiner Familie, die Liebe von Clara, der Stolz auf meine Projekte – verloren ihre Bedeutung. Alles, was blieb, war die Angst und die unaufhörliche Arbeit, um sie zu ersticken.

Eines Abends saß ich allein in meinem Büro, das Licht gedimmt, und betrachtete die Skyline der Stadt. In der Reflexion des Fensters sah ich mein eigenes Gesicht, gezeichnet von Müdigkeit und Sorgen.

„Du bist ein Versager."

Die Stimme war wieder da, lauter und schärfer als je zuvor.

„Alles, was du tust, wird scheitern."
„Du bist nicht gut genug."

Ich schloss die Augen, versuchte, die Gedanken zu verdrängen, doch sie ließen sich nicht abschütteln.

Mein Handy vibrierte in der Brusttasche, der Name „Clara" leuchtete auf dem Display. Ich atmete tief durch, nahm den Anruf entgegen.

„Clara," begann ich, aber sie fiel mir ins Wort.
„Ich muss mit dir reden," sagte sie, ihre Stimme war ruhig, aber mit einem Unterton, den ich sofort erkannte. Es war der Ton, den sie benutzte, wenn sie eine Entscheidung erwartete.

„Kann es warten? Ich bin mitten in einer Besprechung," log ich. „Nein. Es kann nicht warten. Morgen Abend. Bei mir. Und bitte, komm pünktlich." Sie legte auf, bevor ich antworten konnte.

Währenddessen entwickelte sich die Vorstellung, dass alles auffliegen könnte – die nicht gezahlten Sozialabgaben, die heimlichen Gelder, die faulen Kompromisse mit Marek – zu einer Obsession.

Ich begann, jede Interaktion mit einem Anwalt, einem Beamten oder einem Geschäftspartner zu hinterfragen. War das ein Test? Wussten sie etwas? Warteten sie nur darauf, dass ich einen Fehler machte?

Diese Angst trieb mich zu immer verzweifelteren Maßnahmen. Ich kürzte Budgets, nahm Kredite auf, verschob Gelder, wo immer es möglich war. Was mich am Leben hielt? Die irrwitzige Hoffnung. Denn so unwahrscheinlich es auch klingt, ich hoffte tatsächlich darauf das Marek Wort hielt und endlich alles zurückzahlen würde. Warum ich ihm glaubte weiß ich selbst nicht, vielleicht einfach weil ich mich selbst nur so ertragen konnte.

E L F

Und dann kam er – endlich! Der nächste Tag war der Tag für den Marek mir zugesagt hatte, die fehlenden Beträge zurückzuzahlen. Der Tag an dem mein Leiden ein Ende haben sollte. Ich saß in meinem Büro, die Zahlen vor mir, mein Handy in der Hand, mein Blick voll fiebriger Erwartung frei zu sein. Zwar hatte ich seit Tagen nichts von ihm gehört, aber ich redete mir ein, dass er im letzten Moment liefern würde. Er hatte ja immer geliefert, zwar meist spät, aber am Ende doch immer.

Um 15:00 Uhr klingelte mein Handy. Mareks Nummer. Ich zögerte, bevor ich abhob.

„Hallo?" Meine Stimme klang angespannter, als ich wollte.

„Wir haben ein Problem," begann Marek ohne Vorwarnung.

„Welches Problem?" fragte ich, obwohl ich die Antwort bereits kannte.

„Das Geld ist nicht da. Der Investor hat sich zurückgezogen."

Ich fühlte, wie sich meine Brust zuschnürte. „Du hast gesagt, dass alles geregelt ist."

„Das war es auch! Aber sie haben plötzlich kalte Füße bekommen. Hör zu, ich brauche noch eine Woche. Vielleicht zwei."

Ich spürte, wie meine Geduld riss. „Marek, ich habe keine Woche. Die Rücklagen sind leer. Es gibt nichts mehr."

„Dann finde etwas," sagte er ruhig, so ruhig das es mich wahnsinnig machte. „Du bist doch gut darin."

Seine Worte trieben mich über den Rand des erträglichen hinaus. „Das war's, Marek. Ich bin raus."

„Was meinst du damit?" Seine Stimme wurde schärfer.

„Ich meine, dass ich keinen Cent mehr für dich habe. Du bist allein."

„Du kannst mich nicht hängen lassen!" rief er. „Wenn ich falle, ziehe ich dich mit runter. Du hast immer alles gewusst!"

Ich legte auf, bevor er weitersprechen konnte, und starrte auf das Handy in meiner Hand, als könnte es jeden Moment explodieren.

Am Abend dann, Stunden später, war ich auf dem Weg zu Clara. Betäubt von den Ereignissen des Tages irrte ich durch die Stadt, die ich doch eigentlich so gut kannte. Als ich endlich vor Claras Wohnungstür stand, fühlte ich mich wie ein Ange-klagter auf dem Weg in den Gerichtssaal.

Clara öffnete die Tür, trat einen Schritt zur Seite, ließ mich schweigend eintreten. Ihr Gesicht war ruhig, aber ich sah den Sturm dahinter.

„Was ist los?" fragte ich, nachdem die Stille unerträglich wurde.

Sie verschränkte die Arme und blieb stehen, ein paar Schritte von mir entfernt. „Ich brauche eine Antwort, bevor wir so wei-termachen." „Eine Antwort worauf?" „Auf uns. Auf mich. Auf die Frage, ob es in deinem Leben Platz für mehr gibt als diese Firma."

„Clara, du weißt, wie wichtig das ist..." Sie hob die Hand, ihre Augen glitzerten feucht. „Ich weiß, dass die Firma wichtig ist. Was ich nicht verstehe, ist, warum sie wichtiger ist als alles andere – als du selbst, als wir. Du bist reich, verstehst du das? Millionär. Du könntest diese Sekunde aufhören und trotzdem ein Leben führen, das die meisten Menschen nur träumen."

„Es geht nicht um Geld," sagte ich leise. „Dann sag mir, worum es geht! Sag mir, warum du jedes Opfer bringst, auch dich selbst, auch mich. Sag mir, warum du glaubst, dass das alles wichtiger ist als das Leben, das wir zusammen aufbauen könnten!" Ihre Stimme brach, und sie griff nach einem Glas auf dem Couchtisch, trank einen Schluck Wasser, als würde es ihre Worte mildern.

Ich wich ihrem Blick aus. „Es geht um Verantwortung. Es geht um das Vermächtnis meiner Familie." „Deine Familie? Was ist mit der Familie, die wir hätten sein können?" Sie schüttelte den Kopf. „Du kennst meine Träume. Ich will reisen, ich will leben. Ich habe dich in all dem gesucht. Aber du bist… du bist einfach nicht mehr da."

„Das ist nicht fair."

„Weißt du, was nicht fair ist?" Ihre Stimme war jetzt leise, schneidend. „Dass ich dich liebe. Und dass du nichts anderes liebst außer Zahlen und Maschinen."

Ich wollte widersprechen, wollte sie beruhigen, ihr sagen, dass sie falsch lag. Aber die Wahrheit steckte mir wie ein Stein im Hals. Schließlich nickte sie, als hätte sie die Antwort längst gewusst.

„Ich stelle dir ein Ultimatum," sagte sie schließlich. „Entscheide dich. Ich, oder dieses Projekt. Ich, oder dieser endlose Kampf, den niemand von dir verlangt."

Ich öffnete den Mund, doch die Worte, die ich sagen wollte, kamen nicht. Die Minuten schienen zu vergehen, und als sie verstand, dass ich keine Antwort hatte, trat sie einen Schritt zurück.

„Das ist die Entscheidung," sagte sie. „Oder vielleicht hast du sie längst getroffen."

Sie drehte sich um, ging zur Tür und öffnete sie. Ich zögerte, meine Füße wollten nicht gehorchen, aber schließlich folgte ich, trat hinaus in die kühle Nachtluft. „Clara…" begann ich, doch die Tür fiel hinter mir ins Schloss.

Die Tage nach unserem letzten Gespräch mit Clara vergingen in einer grauenhaften Mischung aus Arbeit und Stille. Ich war in die Firma geflüchtet, als könnte ich die Leere mit Zahlen und Maschinen füllen. Doch selbst Markus, der sonst nie etwas sagte, bemerkte, dass etwas nicht stimmte. „Du siehst beschissen aus," hatte er trocken gesagt. Ich hatte nur genickt.

Es war nicht nur Clara, die mich verfolgte – es war alles. Die Firma, die Verantwortung, die Erwartungen, die Angst vor dem Scheitern, und vor allem Marek. Jede Minute fühlte sich an wie eine Last, die sich auf meine Schultern legte, während ich versuchte, das Schiff auf Kurs zu halten. Aber unter all dem war sie. Ihr Gesicht, ihr Lächeln, ihre Stimme, die ich in meinem Kopf hörte, wenn ich nachts allein in meinem Büro saß.

Clara hatte mich angerufen, zwei Tage nach unserem Streit. Ihre Stimme war klar, aber ich hörte etwas darin, das mich beunruhigte – eine Mischung aus Entschlossenheit und Verletzlichkeit. Sie wollte, dass wir uns treffen. „Wir müssen reden," hatte sie gesagt. Es war keine Bitte.

Ich kam zu spät. Nicht absichtlich, aber es war typisch für mich. Die Uhr zeigte zwanzig Minuten über der vereinbarten Zeit, als ich vor ihrer Wohnung stand. Der Regen hatte aufgehört, doch der Geruch von nassem Asphalt hängte schwer in der Luft. Meine Finger zögerten an der Klingel, bevor ich sie endlich drückte.

Clara öffnete die Tür, trat zur Seite und ließ mich herein. Ihr Gesicht war ruhig, doch ihre Augen erzählten eine andere

Geschichte. Sie führte mich ins Wohnzimmer, wo zwei Tassen auf dem Couchtisch standen. Der Tee dampfte noch leicht.

„Danke, dass du gekommen bist," begann sie, nachdem wir uns gesetzt hatten. Der Couchtisch zwischen uns fühlte sich an wie eine unsichtbare Mauer.

„Ich hatte das Gefühl, dass du keine Wahl gelassen hast," erwiderte ich leise.

Sie nickte, ignorierte den Hauch von Vorwurf in meiner Stimme. „Das hier ist wichtig. Für mich. Für uns. Ich musste es versuchen."

Ich schwieg, sah ihr Gesicht an – eine Mischung aus Entschlossenheit und Müdigkeit. Sie wirkte verletzlich, und doch war sie diejenige, die die Kontrolle hatte. Ich nahm einen Schluck Tee, aber der bittere Geschmack blieb mir im Mund.

„Weßt du, ich habe nachgedacht," begann sie. „Viel nachgedacht. Und ich glaube, ich verstehe dich besser, als du denkst. Aber ich verstehe immer noch nicht, warum du so lebst, wie du lebst."

„Wie meinst du das?"

„Diese Firma. Dieses Projekt. Es frisst dich auf. Und du merkst es nicht einmal." Ihre Stimme wurde schärfer. „Ich habe es lange akzeptiert, weil ich dachte, dass es eine Phase ist. Aber jetzt glaube ich, dass es dein ganzes Leben ist. Und ich frage mich, ob ich darin überhaupt Platz habe."

„Clara, das ist nicht fair." Meine Stimme war leiser, als ich es wollte. „Du weißt, wie wichtig das ist. Es ist nicht nur ein Job. Es ist meine Verantwortung."

„Verantwortung?" Sie lachte bitter. „Du meinst die Verantwortung, die du dir selbst auferlegt hast? Die niemand von dir verlangt hat? Du bist reich, verdammt noch mal! Du könntest morgen aufhören, und wir wären für den Rest unseres Lebens abgesichert. Was willst du denn noch?"

„Es geht nicht ums Geld, ging es nie," sagte ich, während sich meine Gedanken panisch überschlugen.

„Worum geht es dann? Ich begreife das immer noch nicht!“ Sie beugte sich vor, ihre Augen fixierten meine. „Sag es mir, damit ich es verstehen kann. Damit ich verstehe, warum du alles aufgibst – auch mich.“

Ich schloss die Augen, suchte nach einer Antwort. Bilder blitzten vor meinem inneren Auge auf: der alte Schreibtisch meines Großvaters, die schäbigen Maschinen in der Produktionshalle, der unterschriebene Kreditvertrag, der wie eine Last auf meinem Schreibtisch lag. Und dazwischen Clara, ihr Lächeln, ihre Stimme, die Art, wie sie meine Hand hielt, wenn alles zu viel wurde.

„Ich kann nicht scheitern,“ sagte ich schließlich. „Wenn ich das hier verliere, dann… dann bin ich nichts. Dann war alles umsonst.“

Sie lehnte sich zurück, als hätte meine Antwort sie getroffen. „Du bist nicht nichts,“ sagte sie leise. „Nicht für mich. Aber vielleicht für dich selbst.“

Ich öffnete den Mund, wollte widersprechen, aber sie hob die Hand. „Hör mir zu. Ich habe dich geliebt, weil ich in dir jemanden gesehen habe, der kämpft. Aber jetzt sehe ich nur jemanden, der sich selbst verliert. Und ich weiß nicht, ob ich das noch ertragen kann.“

Die Stille, die folgte, war fast unerträglich. Sie atmete tief ein, als würde sie Kraft sammeln. „Ich stelle dir ein Ultimatum, und ich meine es ernst: Entweder du entscheidest dich für uns, oder du bleibst bei der Firma. Aber ich kann nicht beides sein. Ich kann nicht gegen diese unsichtbare Tochtergesellschaft antreten, die du mehr liebst als alles andere.“

„Clara…“

„Nein!“ Ihre Stimme war schneidend. „Sag es nicht, wenn du es nicht so meinst. Sag mir nicht, dass du mich liebst, wenn du nicht bereit bist, auch nur einen Teil von dir für mich aufzugeben.“

Ich wollte etwas sagen, etwas, das alles reparieren konnte. Aber die Wahrheit war: Ich wusste, dass ich nicht konnte. Ich konnte sie nicht an erste Stelle setzen, nicht jetzt. Vielleicht nie.

Sie sah mich lange an, ihre Augen glänzten vor Tränen, die sie nicht vergoss. Dann stand sie auf, ging zur Tür und öffnete sie. „Geh jetzt," sagte sie leise. „Bitte."

Ich blieb sitzen, unfähig, mich zu bewegen. Doch ihr Blick machte klar, dass es kein Zurück gab. Also stand ich schließlich auf, trat hinaus in die kühle Nacht. Die Tür fiel hinter mir ins Schloss, und mit dem Knall wusste ich, dass es vorbei war. Für immer.

Die nächsten Tage waren ein Nebel aus Angst und Aktionismus. Ich versuchte jeden Gedanken an Clara abzuschütteln. Ich versuchte zu vergessen, dass ich je geliebt hatte, zu vergessen was geschehen war. Es war fast als würde ich hoffen auf diese Art, wenn alles ausgestanden wäre, in das Leben zurückzukehren, dass ich gerade für immer verloren hatte.

Die Gefahr die mich nun ohne Unterbrechung beherrschte und die meine ganzen Gedanken ausfüllte hieß Marek – nicht nur für das Projekt, sondern für alles, was ich aufgebaut hatte. Ich musste handeln, bevor er mich mit sich in den Abgrund zog.

Zuerst schloss ich alle offenen Zahlungen. Ich brach den Kontakt zu ihm ab, blockierte seine Nummer, entfernte seine Daten aus meinen Unterlagen.

Doch das reichte nicht. Die Vorstellung, dass er irgendwo Beweise hatte, die mich belasten könnten, ließ mich keine Ruhe finden. Ich begann, sämtliche Dokumente zu durchforsten, jede E-Mail, jede Transaktion.

Ich verbrachte Nächte damit, Laufwerke zu verschlüsseln, Dateien zu löschen, Festplatten zu schreddern. Meine Finger bewegten sich über die Tastatur mit der gleichen Präzision, mit der ich früher Strategien entwickelt hatte.

„Wenn du das nicht tust, bringt alles nichts," sagte ich mir immer wieder. „Du bist klüger. Du kannst das lösen."

Die Angst vor einer möglichen Razzia beherrschte mich. Jede unerwartete Bewegung im Büro, jedes Klingeln des Telefons ließ mein Herz rasen. Ich begann, Unterlagen zu verstecken, in Tresoren, an Orten, an die niemand denken würde.

Marek gab nicht auf. Er rief von unbekannten Nummern an, schickte mir Nachrichten, die ich ignorierte.

„Du kannst mich nicht einfach abschneiden!" schrieb er in einer Nachricht. „Wir sitzen beide in diesem Boot."

Jedes Mal, wenn mein Handy vibrierte, durchzuckte mich ein kalter Schauer. Ich begann, das Gerät stumm zu schalten, es in Schubladen zu legen, um das Klingeln nicht hören zu müssen. Doch die Angst blieb.

Nach Claras Abschied und Mareks zunehmendem Druck fühlte ich, wie sich eine tiefe Leere in mir ausbreitete. Alles, was mich früher angetrieben hatte – die Erfolge, die Anerkennung – war bedeutungslos geworden.

Ich saß eines Abends allein in meinem Büro, das Licht gedämpft, und starrte auf die Skyline der Stadt. Die Gebäude, die ich geschaffen hatte, standen da wie Mahnmale meiner eigenen Hybris.

„Was ist noch übrig?" flüsterte ich, doch die Stille gab mir keine Antwort.

Nach Tagen voller Unruhe und endloser Vertuschungsaktionen blieb mir nur eine Erkenntnis: Ich brauchte Geld. Viel Geld. Die Rücklagen der Avinger Werke waren erschöpft, und ohne eine massive Finanzspritze würde nicht nur das Hohenzoll-Projekt scheitern, sondern auch die Stabilität des gesamten Unternehmens gefährdet sein.

Ich dachte über Banken nach, über Investoren – doch jeder dieser Wege war mit Fragen und Prüfungen verbunden, denen ich nicht standhalten konnte. Es blieb nur eine Option: meine Familie.

Es war ein grauer Nachmittag, als ich mich dazu durchrang, meine Mutter und meinen Onkel zu treffen. Wir saßen im Wohnzimmer meiner Mutter, das mit schweren Möbeln und warmem Licht immer etwas Beruhigendes hatte. Doch an diesem Tag fühlte es sich an wie ein Verhörzimmer.

„Es gibt ein Problem," begann ich, meine Stimme ungewohnt klein.

Meine Mutter legte die Hände in den Schoß, während mein Onkel sich zurücklehnte, die Stirn gerunzelt.

„Welches Problem?" fragte sie, und in ihrem Ton lag keine Härte, nur Sorge.

Ich atmete tief ein. „Das Hohenzoll-Projekt ist... komplizierter geworden, als ich dachte. Der Bauunternehmer, den ich engagiert habe, war nicht zuverlässig. Es gab Verzögerungen, finanzielle Engpässe. Und jetzt brauche ich Unterstützung."

„Finanzielle Unterstützung?" fragte mein Onkel, sein Blick durchdringend.

Ich nickte. „Ja. Ich brauche einen Kredit – kurzfristig."

Meine Mutter schwieg einen Moment, dann fragte sie: „Wie viel?"

Ich nannte die Summe, und für einen Moment war der Raum still.

„Das ist eine Menge Geld," sagte mein Onkel schließlich.

„Ich weiß," sagte ich. „Und ich weiß auch, dass ich einen Fehler gemacht habe. Aber ich kann das Projekt retten. Ich brauche nur die Mittel, um es zu stabilisieren."

Meine Mutter sah mich lange an. „Warum hast du uns nicht früher davon erzählt?"

„Weil ich dachte, ich könnte es alleine lösen," gab ich zu. „Ich wollte euch nicht belasten."

„Belasten?" Mein Onkel schnaubte. „Du bist dabei, das Vermächtnis der Familie aufs Spiel zu setzen, und nennst es Belasten?"

„Ich habe es nicht aufs Spiel gesetzt," sagte ich, aber meine Worte klangen hohl.

„Du hast einen Fehler gemacht," sagte meine Mutter schließlich, ihre Stimme ruhig, aber fest. „Das passiert. Aber was mich beunruhigt, ist, dass du es vor uns verheimlicht hast. Hast du so wenig Vertrauen in uns?"

„Es war nicht das," sagte ich. „Ich wollte euch nicht enttäuschen."

„Und jetzt?" fragte mein Onkel. „Was genau willst du von uns?"

„Ich brauche den Kredit," sagte ich und hielt den Blick fest auf den Tisch gerichtet, als könnte ich dort die Lösung finden. „Ich werde alles zurückzahlen. Mit Zinsen. Aber ich brauche Zeit."

Mein Onkel schwieg. Das Ticken der Standuhr im Wohnzimmer wurde zu einem unerbittlichen Schlag in meinen Ohren. Schließlich lehnte er sich vor, stützte die Ellenbogen auf die Knie und verschränkte die Finger. Seine Stimme war ruhig, aber voller Kälte. „Du brauchst Zeit. Und Geld. Viel Geld. Sag mir, wie du uns überzeugst, dass es das wert ist."

Ich spürte, wie sich meine Kehle zuschnürte. „Ich habe alle Möglichkeiten durchdacht. Die Firma, das Projekt… es kann noch gerettet werden. Wir haben ein gutes Fundament. Aber es braucht einen Schub, um alles abzusichern. Die Bank…" Ich stockte. „… sie glaubt an das Projekt. Aber ich brauche eure Unterstützung, um die letzte Lücke zu schließen."

„Die Bank glaubt an das Projekt?“ Er lachte, ein scharfes, un-
angenehmes Geräusch. „Das ist also der Plan: Du schmeißt dich
der Bank an den Hals und nennst es Rettung? Mein Vater hätte
dich dafür aus der Firma gejagt.“

„Opa hat auch Risiken in Kauf genommen,“ konterte ich,
überrascht von der Härte meiner eigenen Worte.

Mein Onkel sah mich lange an, dann schüttelte er langsam
den Kopf. „Das hier ist kein Risiko. Das ist Gier.“ Er hob die
Hand, bevor ich etwas entgegnen konnte. „Du willst Erfolg um
jeden Preis. Ich sehe es in deinen Augen. Du bist bereit, alles
aufzugeben, nur damit du nicht derjenige bist, der scheitert.“

„Das ist nicht wahr,“ sagte ich leise, aber die Worte fühlten
sich hohl an. „Ich tue das für die Firma. Für die Mitarbeiter.“

„Für die Firma?“ Er stand auf und trat ans Fenster, ließ seinen Blick in die Ferne schweifen. „Wenn das wahr wäre, hättest
du uns von Anfang an eingebunden. Aber stattdessen sitzt du
hier, erst jetzt, wo dir das Wasser bis zum Hals steht.“

Meine Mutter, die bisher geschwiegen hatte, legte eine Hand
auf den Tisch. „Es reicht,“ sagte sie sanft, aber bestimmt. „Er ist
mein Sohn. Und er braucht unsere Hilfe.“

Mein Onkel drehte sich zu ihr um, seine Augen glühten vor
Zorn. „Das ist keine Hilfe. Das ist ein Freifahrtschein. Und ich
werde nicht dabei zusehen, wie er das Erbe unserer Familie ver-
spielt.“

„Genug!“ Meine Stimme erhob sich, ehe ich es verhindern
konnte. „Ich weiß, dass ich Fehler gemacht habe. Aber ich habe
keinen anderen Weg. Wenn ihr mir nicht helft, werde ich die
Firma verlieren. Und mit ihr alles, wofür Opa gekämpft hat.“

Er sah mich schweigend an. Die Spannung im Raum war
greifbar, bis er schließlich nickte. „Ich werde dir helfen. Aber
nicht für dich. Für die Firma. Und wenn du scheiterst… dann
wird dein Stolz das Letzte sein, was du hast.“

Am Ende sicherten mir meine Mutter und mein Onkel die nötigen Mittel zu. Doch die Bedingungen waren klar: Transparenz und ein detaillierter Plan, wie das Geld verwendet werden würde.

„Wir geben dir eine Chance," sagte meine Mutter, als wir das Gespräch beendeten. „Aber nur eine."

Ich nickte. „Ich werde euch nicht enttäuschen."

Doch als ich das Haus verließ, fühlte ich keinen Triumph, sondern Scham. Ich hatte meine Familie um Hilfe bitten müssen, hatte vor ihnen zugeben müssen, dass ich gescheitert war.

In den folgenden Tagen war ich wie gelähmt. Das Geld, das ich erhalten hatte, reichte aus, um die drängendsten Probleme zu lösen, aber die innere Leere blieb.

Markus und Frau Riedel bemerkten meine Zurückhaltung, sagten aber nichts. Ihre Loyalität war unerschütterlich, doch ich konnte die Blicke spüren, die sie mir zuwarfen – voller Sorge, voller Fragen, die sie nicht aussprachen.

Eines Abends, als ich in meinem Büro saß, klingelte mein Handy. Mareks Nummer.

Ich ignorierte den Anruf, doch Minuten später kam eine Nachricht: „Wir sind nicht fertig. Du kannst mich nicht einfach loswerden. Ich weiß zu viel."

Mein Herz raste. Ich wusste, dass er bluffte – oder ich hoffte es zumindest. Aber die Angst ließ mich nicht los.

Die realen Probleme begannen sich tatsächlich zu glätten. Die finanzielle Unterstützung meiner Familie half, die dringendsten Löcher zu stopfen, und die Arbeit auf der Baustelle nahm wieder Fahrt auf. Marek schien sich zurückgezogen zu haben – zumindest hörte ich nichts mehr von ihm. Aber das änderte nichts an meiner inneren Welt, die längst ihre eigene, unbarmherzige Realität erschaffen hatte.

Trotz der Stabilisierung fühlte sich alles falsch an. Jeder Erfolg, jedes gelöste Problem schien bedeutungslos, weil ich überzeugt war, dass der nächste Sturm bereits am Horizont wartete. Mein Verstand klammerte sich an eine einzige Idee: Marek. Er war die Wurzel allen Übels, der Mann, der mich in diese Lage gebracht hatte.

„Ich kann das Geld zurückholen," murmelte ich eines Abends vor mich hin, als ich allein in meinem Büro saß. „Es gehört mir. Es war mein Vertrauen, das er missbraucht hat. Und ich werde es nicht zulassen."

Die Gedanken wurden immer dunkler, immer irrationaler. Ich begann, mich nach Lösungen umzusehen, die außerhalb meiner bisherigen Welt lagen.

Eines Nachmittags fuhr ich zu einem Geschäft, das ich früher niemals betreten hätte: ein Waffengeschäft am Rand der Stadt. Die Männer hinter der Theke sprachen wenig, stellten keine Fragen. Innerhalb einer halben Stunde verließ ich den Laden mit einer Pistole, einer sogenannten Gas- und Signal-Pistole, einem kaltes, schweres Stück Metall, das sich in meiner Tasche anfühlte wie eine unausgesprochene Drohung und optisch nicht im geringsten von einer normalen Walther-PP zu unterscheiden war.

Ich wusste nicht genau, was ich damit tun wollte. Aber allein die Tatsache, dass ich sie hatte, gab mir ein Gefühl von Kontrolle – oder vielleicht die Illusion davon.

Claras Abgang wog schwerer als alles andere. Es war nicht nur, dass sie gegangen war – es war der Zeitpunkt. Sie war gegangen, als ich sie am meisten gebraucht hatte, als die Welt um mich zusammenbrach und ich dachte, dass nur sie mich halten könnte.

Ich lag oft nachts wach, starrte an die Decke und ließ die Worte, die sie mir zuletzt gesagt hatte, immer wieder durch meinen Kopf ziehen.

„Für dich war ich immer nur ein Nebenschauplatz.“
„Deine wahre Tochter ist deine Firma.“
„Ich will nichts mehr von dir.“

Die Bitterkeit in ihrer Stimme war wie eine Nadel, die sich tief in meine Brust gebohrt hatte. Ich hätte sie gebraucht, hätte ihr zeigen wollen, dass ich sie wirklich liebte – doch jetzt war es zu spät.

„Wie konnte sie gehen?“ fragte ich mich laut. „Wie konnte sie mich einfach verlassen? Nach allem, was ich für uns getan habe?“

Doch ich wusste, dass die Antworten keine Rolle spielten. Es war nicht nur Clara, die ich verloren hatte. Es war das Bild von mir selbst, das ich vor ihr aufgebaut hatte: der Mann, der alles unter Kontrolle hatte, der unaufhaltsam war.

Die Angst vor Marek ließ mich nicht los. Jede Nachricht, jedes Klingeln des Telefons ließ mein Herz rasen. Ich begann, mir vorzustellen, dass er eines Tages vor meinem Büro stehen würde, dass er mit Drohungen oder Forderungen zurückkäme.

Ich begann, meine Routinen zu ändern, fuhr Umwege zur Arbeit, hielt immer ein Auge auf die Umgebung. Die Pistole trug ich immer bei mir – eine ständige Erinnerung daran, dass ich bereit sein musste.

Eines Nachts, als ich nicht schlafen konnte, begann ich, einen Plan zu schmieden. Ich setzte mich an meinen Schreibtisch, die Pistole neben mir, und schrieb alles auf, was ich über Marek wusste: seine Adresse, seine Kontakte, die Summen, die er mir schuldete.

„Ich hole mir mein Geld zurück,“ murmelte ich. „Ich lasse das nicht so stehen.“

Doch während ich die Liste durchging, merkte ich, wie irrational meine Gedanken wurden. Was wollte ich tun? Ihn konfrontieren? Ihn bedrohen? Ich schüttelte den Kopf, legte die Pistole in die Schublade und verschloss sie.

Aber der Gedanke ließ mich nicht los.

Die Tage verschwammen, und meine Angst nahm immer irrere Formen an. Ich begann, mir vorzustellen, dass Marek mich beobachtete, dass er wusste, wo ich war, was ich tat.

„Er wird kommen," flüsterte ich eines Abends. „Er wird versuchen, mich zu vernichten."

Ich begann, Beweise zu vernichten – nicht nur die, die mit Marek zu tun hatten, sondern alles, was mich in irgendeiner Weise belastbar machte. Dokumente wurden geschreddert, Laufwerke verschlüsselt, E-Mails gelöscht.

„Du bist klüger," sagte ich mir immer wieder. „Du kannst das kontrollieren. Wenn du alles sauber hältst, können sie dir nichts anhaben."

Doch die Angst blieb.

Zwischen der Arbeit und meinen nächtlichen Aktionen gab es keinen Raum mehr für Ruhe. Ich sah meine Mutter und meinen Onkel seltener, und wenn ich sie sah, vermied ich ihre Fragen über den Fortschritt des Hohenzoll-Projekts.

„Es läuft," sagte ich, ohne Details zu nennen.

Sie schienen mir zu glauben, doch ich konnte ihre besorgten Blicke spüren.

Oft versuchte ich die ganze Nacht durch zu arbeiten. Nicht etwa um die Probleme zu lösen, nein, sondern aus Angst davor mich schlafen zu legen, aus Angst vor der vielsagenden Stille die mich dann einholen würde.

Heute erschien mir die Nacht besonders dunkel, während ich in meinem Büro saß, die Pistole wieder in der Hand. Sie fühlte sich schwer an, kalt und irgendwie endgültig.

„Was bist du geworden?" fragte ich mich laut. „Was ist von dir übrig geblieben?"

Die Antwort war klar: ein Mann, der alles hatte und doch alles verlor. Der alles aufbaute, nur um es selbst zu zerstören.

Ich legte die Pistole auf den Tisch und starrte sie an. Sie war das Symbol meiner Angst, meiner Verzweiflung, meiner eigenen Unfähigkeit, die Welt unter Kontrolle zu halten.

Doch ich konnte nicht aufhören. Nicht jetzt. Nicht, solange es noch eine Chance gab, mich aus diesem Abgrund zu befreien – oder von ihm endgültig verschlungen zu werden.

ZWÖLF

Die Angst hatte mich längst übernommen. Sie war kein Gefühl mehr, sondern ein Zustand, ein lähmender Schleier, der über meinem Leben lag. Selbst während das Hohenzoll-Projekt abgeschlossen wurde und die Mieter begannen, ihre Einheiten zu beziehen, spürte ich nichts von der Euphorie, die mich früher beflügelt hatte. Stattdessen war da nur die Angst – kalt, allgegenwärtig, unbarmherzig.

Es geschah an einem Morgen, als ich allein in meinem Büro saß. Das Handy vibrierte, und die unbekannte Nummer auf dem Display ließ mein Herz sofort schneller schlagen.

Ich hob ab, die Stimme klang wie eine schlechte Aufnahme meiner selbst: „Hallo?"

„Ah, mein Freund!" Mareks vertrauter, schmieriger Ton hallte durch den Hörer. „Ich dachte, du nimmst nie wieder ab."

Ich hätte auflegen sollen, doch etwas an seiner Stimme hielt mich fest.

„Was willst du, Marek?" fragte ich scharf.

„Beruhige dich," sagte er mit gespielter Leichtigkeit. „Ich wollte nur sagen, dass alles gut wird. Ich habe alles im Griff."

„Du hast nichts im Griff," spuckte ich aus.

„Doch, doch," sagte er, als ob er mich beruhigen wollte. „Aber weißt du, manchmal stellt das Finanzamt Fragen. Sie mögen es nicht, wenn Papiere nicht ganz sauber sind. Ich

117

dachte nur… vielleicht könntest du helfen. Ein kleiner Beitrag, nur für den Übergang. Dann wäre wirklich alles gut."

Mein Körper erstarrte. Das Finanzamt. Es war das letzte Wort, das ich hören wollte, das letzte Gespenst, das noch in meiner Angstwelt gefehlt hatte.

„Du kriegst keinen Cent mehr," sagte ich durch zusammengebissene Zähne.

„Du bist unhöflich," antwortete Marek. „Aber denk daran: Wenn ich falle, könnte jemand fragen, warum du mir so viel vertraut hast. Es wäre schade, wenn das alles auffliegt."

Ich legte auf und blockierte sofort die Nummer. Doch der Schaden war angerichtet.

Das Wort „Finanzamt" wurde zum Echo, das in meinem Kopf widerhallte. In meinem Inneren begann eine endlose Spirale aus Szenarien: Steuerprüfungen, Razzien, Verhaftungen. Die Vorstellung, dass alles, was ich aufgebaut hatte, zerstört würde, ließ mich kaum noch atmen.

Ich begann, mein eigenes Büro wie eine Bedrohung zu sehen. Jede E-Mail, jede Akte schien eine potenzielle Anklage zu sein. Ich überprüfte die Bücher der Avinger Werke bis tief in die Nacht, suchte nach Fehlern, nach Unregelmäßigkeiten, die niemand außer mir sah.

Die Nächte wurden gänzlich zur Hölle. Ich konnte nicht schlafen, konnte nicht essen, konnte kaum denken. Jedes Geräusch ließ mich zusammenzucken, jedes klingelnde Telefon war ein Angriff auf meine Nerven.

Die Pistole, die ich gekauft hatte, lag immer auf meinem Schreibtisch, ein kalter Trost in meiner Verzweiflung. Manchmal nahm ich sie in die Hand, nur um das Gewicht zu spüren, nur um mich daran zu erinnern, dass ich noch die Kontrolle hatte – oder zumindest glaubte, sie zu haben.

Die Tage vergingen, und meine Paranoia erreichte einen neuen Höhepunkt. Ich begann, Leute in meinem Umfeld zu verdächtigen – Markus, Frau Riedel, sogar meine eigene Familie. Wer von ihnen würde Fragen stellen? Wer würde mich verraten?

Ich begann, Fenster und Türen zu sichern, begann, jede Bewegung um das Büro herum zu beobachten. Mareks Worte über das Finanzamt schienen sich wie ein giftiges Gas in meinem Verstand auszubreiten.

Auch die Nächte hatten sich längst in ein endloses Durcheinander aus Zahlen, Ängsten und Selbstvorwürfen verwandelt.

In dieser Nacht die alles verändern sollte, saß ich allein im Büro, die Hände zitterten, als ich den letzten Bericht des Tages durchging. Die Buchhaltung war lückenhaft, die Zahlen sprangen wie feindliche Angriffe aus dem Dokument.

Das Gewicht des Versagens drückte auf meine Schultern. Marek, das Finanzamt, die Lügen, die ich allen erzählt hatte – es war alles zu viel. Jedes Mal, wenn das Telefon klingelte, zuckte ich zusammen, sicher, dass die nächste Katastrophe auf mich wartete.

Plötzlich begann das Licht im Raum zu flackern, ein banaler Defekt, der meine ohnehin angespannte Psyche durchbrach. Die Dunkelheit, die für einen Moment den Raum erfüllte, war wie ein Spiegel meines Inneren.

„Du bist ein Versager," flüsterte eine Stimme. Es war meine eigene, oder vielleicht war es die von Marek, von Clara, vom Onkel. Ich wusste es nicht mehr. Die Worte hallten in meinem Kopf, wurden lauter, bis ich die Berichte vor mir zusammenknüllte und gegen die Wand schleuderte.

„Genug!" Meine Stimme klang hohl in der Leere des Büros. Mein Atem ging stoßweise, und plötzlich war da nichts mehr.

Mein Körper sackte nach vorn, die Stirn berührte die kalte Tischplatte. Mein Herz raste, mein Kopf drehte sich, und ich spürte die Hitze der Tränen, die mir über das Gesicht liefen.

Als ich die Augen schloss, fluteten Erinnerungen über mich hinweg. Meine Mutter am Esstisch, die mit Stolz sagte, ich hätte meinen Großvater stolz gemacht. Clara, die mit Tränen in den Augen ein Ultimatum stellte. Markus, der mich warnte, ich würde irgendwann zusammenbrechen.

„Vielleicht haben sie recht," murmelte ich, meine Stimme war kaum mehr als ein Flüstern. „Vielleicht bin ich nicht stark genug."

Ein Schmerz zog durch meine Brust, und ich schnappte nach Luft. Mein Herzschlag dröhnte in meinen Ohren, meine Hände griffen nach der Tischkante, als könnten sie mich halten, doch mein Körper gab nach.

Ich hatte die Verantwortung eines Lebenswerks übernommen, bevor ich überhaupt jemals mein eigenes Leben hatte beginnen können.

Die Dunkelheit verschluckte mich, und mit ihr zerbrach die Illusion, noch irgendetwas unter Kontrolle zu haben...

There is a crack in everything, that's how the light gets in.
Leonard Cohen

121